suhrkamp taschenbuch 2644

Ein heißer Sommernachmittag. Der alte Herr Andesmas sitzt vor seinem Haus über dem Meer und wartet auf seine Tochter Valérie und den Architekten Michel Arc, der ihm die Terrasse bauen soll, die sich Valérie gewünscht hat. Ein Tanzlied dringt vom Dorfplatz herauf: »Quand le lilas fleuria mon amour / Quand le lilas fleuria pour toujours«. Immer wieder hört er diese Melodie, die Valérie oft vor sich hin summt und die ihm das Warten noch unerträglicher macht. Denn er wartet vergeblich. Weder Valérie noch Michel Arc kommen. Nur ein streunender Hund kommt vorbei und später Arcs Tochter und Arcs Frau. Und während Herr Andesmas mit tödlichem Schrecken dort oben das Ausmaß seiner Liebe zu Valérie erkennt, muß er auch erkennen, daß er sie an diesem Nachmittag an Michel Arc verliert. Denn »so viel Blond, so viel, so viel nutzloses Blond, habe ich gedacht, so viel törichtes Blond, wozu soll das gut sein? Wenn nicht für einen Mann, der darin ertrinken will«. Das Warten des Einsamen wird zum Warten auf den Tod.

Der Nachmittag des Herrn Andesmas ist ein meisterhaftes Drama von Liebe und Tod.

Marguerite Duras, die 1914 in Giadinh/Indochina geboren wurde, später in Frankreich lebte und am 3. März 1996 in Paris starb, ist sowohl durch ihre Romane als auch durch ihre Dramen, Hörspiele und Filme in Deutschland bekannt geworden. Zu ihren bekanntesten Werken zählen neben dem Roman *Der Liebhaber* (L'Amant) *Hiroshima mon amour* (erschienen als st 112), *Die Verzückung der Lol V. Stein* (st 1079), *Ganze Tage in den Bäumen* (st 1157), *Der Nachmittag des Herrn Andesmas* (BS 109) und *Moderato cantabile* (st 1178). Ihr Werk im Suhrkamp Verlag ist auf den Seiten 119 und 120 dieses Bandes verzeichnet.

Marguerite Duras
Der Nachmittag des Herrn Andesmas

Aus dem Französischen von
Walter Boehlich

Suhrkamp

Titel der Originalausgabe:
L'après-midi de Monsieur Andesmas
Umschlagfoto: Stephan Erfurt

suhrkamp taschenbuch 2644
Erste Auflage 1997

Druck: Nomos Verlagsgesellschaft, Baden-Baden
Printed in Germany
Umschlag nach Entwürfen von
Willy Fleckhaus und Rolf Staudt

1 2 3 4 5 6 – 02 01 00 99 98 97

Jetzt habe ich ein Haus gekauft. Die Lage ist wunderbar. Man könnte sich in Griechenland wähnen. Die Bäume, die das Haus umgeben, gehören mir. Es ist einer darunter, der riesengroß ist und der im Sommer so viel Schatten geben wird, daß ich nie unter der Hitze leiden werde. Ich werde eine Terrasse anlegen lassen. Von dieser Terrasse aus wird man am Abend die Lichter von G... sehen.

Es gibt da Augenblicke, in denen das Licht vollkommen ist, alles bannt, vielwertig und gleichzeitig eindeutig, unbeirrbar auf einen einzigen Gegenstand aus...

Aus einem Gespräch im Sommer 1960

Erstes Kapitel

Er tauchte aus dem Weg zur Linken auf. Er nahte aus jenem Gebiet der Anhöhe, das vollkommen bewaldet war, im Gestrüpp kleiner Sträucher und Büsche, die die Grenze zur Hochfläche markierten.
Es war ein fuchsfarbener Hund, klein gewachsen. Er kam zweifellos von den Siedlungen, die sich jenseits des Gipfels, etwa zehn Kilometer entfernt, am anderen Hang befanden.
Die Anhöhe fiel an dieser Seite jäh zur Ebene ab. Sobald er behutsamen Schrittes aus dem Weg aufgetaucht war, streunte der Hund, plötzlich müßig, am Abgrund entlang. Er sog das graue Licht ein, das die Ebene bedeckte. In dieser Ebene lagen Felder, die ein Dorf, eben dieses Dorf umgaben, und zahlreiche Straßen, die von ihm aus den Weg zu einem mittelländischen Meer nahmen.
Er bemerkte nicht sogleich den Mann, der vor dem Hause saß – dem einzigen Haus, das nach den fernen Siedlungen am jenseitigen Abhang auf seiner Fährte lag – und der auch seinerseits denselben leeren erhellten Raum betrachtete, den dann und wann Vogelschwärme überquerten. Er setzte sich, hechelnd vor Müdigkeit und Hitze.

Dank dieser Rast spürte er, daß die Einsamkeit nicht vollkommen war, daß sie sich hinter ihm durch die Gegenwart eines Menschen auflöste. Das ganz leichte und ganz träge Knarren des Korbstuhls, in dem Herr Andesmas saß, gehorchte dem Rhythmus seines schwergehenden Atems, und dieser Rhythmus in seiner entsprechungslosen Regelmäßigkeit täuschte den Hund nicht.

Er wandte den Kopf, entdeckte die Gegenwart des Menschen, spitzte die Ohren. Frei von aller Müdigkeit musterte er ihn. Er kannte diese Plattform, die sich vor dem Haus erstreckte, wohl seit er alt genug war, die Berge zu durchstreifen und sich in ihnen zurechtzufinden. Aber er war wohl noch nicht alt genug, um einen anderen Besitzer als Herrn Andesmas kennen zu können. Es war wohl das erstemal, daß sich da, auf seiner Fährte, ein Mensch befand.

Herr Andesmas rührte sich nicht, er gab dem Hunde nicht das geringste Zeichen der Feindschaft, oder der Freundschaft.

Der Hund beobachtete ihn einen kurzen Augenblick auf diese hingegeben starre Art. Verängstigt durch diese Begegnung und genötigt, dafür einzustehen, senkte er die Ohren, machte ein paar Schritte auf Herrn Andesmas zu und wedelte mit

dem Schweif. Aber sehr schnell gab er das auf, da sein Bemühen durch keinerlei Zeichen seitens dieses Menschen vergolten wurde, und blieb, kurz bevor er ihn erreicht hatte, stehen.
Seine Müdigkeit meldet sich wieder, er hechelt neuerlich und macht sich quer durch den Wald auf den Weg, diesmal aufs Dorf zu.
Er kam wohl jeden Tag auf diese Anhöhe, auf der Suche nach Hündinnen oder nach Nahrung; wohl jeden Tag lief er zu diesen drei Weilern am westlichen Abhang, machte er seinen sehr langen Weg am Nachmittag auf der Suche nach mancherlei Beute.
– Hündinnen, Abfälle, denkt Herr Andesmas. Ich werde diesen Hund, der seine Gewohnheiten hat, wiedersehen.
Man muß für diesen Hund Wasser haben, diesem Hund Wasser geben, seine langen Streifzüge quer durch den Wald, von Dorf zu Dorf, hier durch eine Erquickung unterbrechen, im Rahmen des Möglichen sein schweres Dasein erleichtern. Da ist dieser Tümpel, tausend Meter von hier, an dem er genausogut saufen kann, aber schlechtes, schales, von Pflanzensaft gesämtes Wasser. Grün und klebrig ist dieses Wasser wohl, schwerflüssig von Mükkenlarven, ungesund. Man muß gutes Wasser für

diesen Hund haben, den so sehr nach seiner täglichen Lust verlangt.
Valérie würde ihm zu trinken geben, diesem Hund, sobald er an ihrem Hause vorüberkäme.
Er kehrte zurück. Warum? Er querte noch einmal die Plattform, die ans Leere grenzte. Noch einmal beobachtete er diesen Menschen. Aber obgleich dieser ihm, diesmal, ein Zeichen der Freundschaft gab, näherte er sich ihm nicht weiter. Mählich verschwand er, um für diesen Tag nicht mehr wiederzukehren. Er hatte mit seinem farbigen Fließen den grauen Raum in der Höhe des Vogelflugs zerteilt. So vorsichtig war sein Gang über die Sandsteinfelsen gewesen, die den Steilhang säumten, und dennoch hatte er mit dem scharfen Kratzen seiner Krallen in die umgebende Luft die Erinnerung an ein Vorübergehen gezeichnet.
Der Wald war dicht, verwildert. Er hatte nur wenige Lichtungen. Der einzige Weg, der ihn durchquerte – diesmal folgte ihm der Hund – bog ganz kurz hinter dem Haus um die Ecke. Der Hund bog um die Ecke und verschwand.
Herr Andesmas hob seinen Arm, blickte auf seine Uhr, sah, daß es vier Uhr war. Also hatte Michel Arc, während der Hund vorbeiging, begonnen, die Stunde des Treffens auf dieser Plattform zu

versäumen, das sie gemeinsam, vor zwei Tagen, verabredet hatten. Michel Arc hatte gesagt, daß dreiviertel vier eine Zeit sei, die ihm passe. Es war vier Uhr.

Als sein Arm herabgesunken war, wechselte Herr Andesmas die Stellung. Der Korbstuhl knackte stärker. Dann atmete er wieder regelmäßig rings um den Körper, den er enthielt. Die bereits undeutliche Erinnerung an den rotgelben Hund verwischte sich, und Herr Andesmas war nur noch von seiner gewaltigen, achtundsiebzigjährigen Masse umgeben. Diese versteifte sich mühelos zur Unbeweglichkeit, und von Zeit zu Zeit veränderte Herr Andesmas ihre Lage, bewegte sie ein wenig in dem Korbstuhl. So ertrug er das Warten.

Dreiviertel vier, hatte Michel Arc gesagt. Aber die Jahreszeit war noch warm, und zweifellos zog sich die Mittagsruhe während des Sommers in diesem Landstrich länger hin als anderswo. Die Mittagsruhe von Herrn Andesmas, die seine, war unveränderlich, immer ärztlich geregelt, im Sommer, im Winter, ganz streng. Darum wohl erinnerte er sich der Mittagsruhe der anderen, der Sonnabendruhe, so tief, unter den Bäumen des Dorfplatzes, so voller Liebe, bisweilen, in den Zimmern.

– Es handelt sich um die Konstruktion einer Terrasse, hatte Herr Andesmas Michel Arc auseinandergesetzt, einer Terrasse, die hinausragen sollte auf das Tal, das Dorf und das Meer. Auf der anderen Seite des Hauses wäre eine Terrasse nutzlos, aber auf dieser hier drängt sie sich auf. Obwohl ich bereit bin zu bezahlen, was diese Terrasse kostet, wenn sie schön, groß und solide werden soll, möchte ich doch, lediglich aus Prinzip, und das werden Sie sicherlich verstehen, Herr Arc, einen Kostenanschlag. Da diese Terrasse nun einmal ein Wunsch meiner Tochter Valérie ist, bin ich zu einem großen Geldopfer bereit. Aber der Kostenanschlag bleibt trotzdem unerläßlich, Sie verstehen.

Michel Arc verstand.

Valérie wird den Teich kaufen, an dessen Ufer der Hund sich ausgeruht hat. Das steht fest.

Es gibt in dem Wald kein anderes Bauwerk als das Haus, das Herr Andesmas erworben hat. Es nimmt mit seinen Innenhöfen die gesamte Fläche des höchsten der Absätze ein, die in vielen Sprüngen den Hang des Hügels stufenförmig bis zur Ebene, dem Dorf und zum heute unbewegten Meer gliedern.

Herr Andesmas wohnt seit einem Jahr in diesem Dorf, seit er dieses hinreichend fortgeschrittene

Alter erreicht hat, das ihm einen Grund schenkt, alle Arbeit aufzugeben und, müßig, den Tod zu erwarten. Zum erstenmal sieht er das Haus, das er für Valérie gekauft hat.

Quand le lilas fleurira mon amour
Quand le lilas fleurira pour toujours

Irgendjemand sang das, im Tal. Vielleicht ging die Mittagsruhe zu Ende? Vielleicht, ja, ging sie zu Ende. Der Gesang kam bestimmt vom Dorf. Von wo sonst hätte er kommen können? Zwischen dem Dorf und dem Haus, das Herr Andesmas so kürzlich für sein Kind Valérie erworben hatte, erhob sich tatsächlich kein anderes Bauwerk.

Kein anderes, kein anderes als das Deine. Und dieses eben nimmt sich seitdem, weil es ja dir zugehört, aus von dem Los eines jeden anderen, eines beliebigen anderen, das, ebensogut, an der Stelle des Deinen hätte stehen, diese weiße Zufälligkeit lebendigen Kalkes in dem Kiefernwald hätte schaffen können.

– Ich habe dieses Haus gekauft, hatte Herr Andesmas Michel Arc erklärt, vor allem weil es in seiner Art einzig ist. Ringsumher, nicht wahr, nichts als der Wald. Überall, der Wald.

Der Weg hörte hundert Meter vor dem Haus auf, befahrbar zu sein. Herr Andesmas war im Wagen bis zu diesem Punkt gekommen, wo er aufhörte, es zu sein, einer planierten Lichtung, auf der die Autos wenden konnten. Valérie hatte ihn gefahren, dann war sie wieder umgekehrt. Sie war nicht aus dem Auto gestiegen, sie war nicht bis zu dem Haus hinaufgegangen, hatte kein Verlangen danach geäußert. Sie hatte ihrem Vater geraten, auf Michel Arc zu warten, und dann auf sie, die am Abend, wenn es erst wieder kühl geworden wäre – sie hatte keine Zeit abgemacht – zurückkommen würde, um ihn abzuholen.

Es ist ein paar Tage her, daß sie miteinander von diesem Weg gesprochen haben und der Möglichkeit, die es für sie gibt, ihn vollkommen bis zum Teich in ihren Besitz zu bringen, ihn für die anderen zu sperren, für die, die nicht Valéries Freunde sind.

Die Freunde von Herrn Andesmas gibt es nicht mehr. Wenn der Teich erst einmal gekauft ist, wird niemand mehr vorbeikommen. Niemand. Ausgenommen Valéries Freunde.

Sie hatte in der Weghitze gesungen:

Quand le lilas fleurira mon amour

Er saß jetzt in diesem wackligen Korbstuhl, den er in einem Zimmer des Hauses gefunden hatte. In der Hitze hatte sie, lauthals, als wäre gar nichts an der Hitze, geträllert:

Quand le lilas

Er hatte mühsam die Plattform erreicht, er war gegangen wie sie ihm geraten hatte, vorsichtig, gleichmäßig. Sie hätte ganz ähnlich in der Frische eines Abends oder einer Nacht gesungen, in anderen Gegenden, anderswo. Wo hätte sie nicht gesungen?

fleurira pour toujours

Beim Hinaufsteigen hatte er sie noch gehört. Und dann hatte der Lärm des Motors ihr Lied verstümmelt. Es war schwächer geworden, gedämpfter, dann waren Fetzen davon immer noch bis zu ihm gelangt, und dann nichts, nichts mehr. Als er erst die Plattform erreicht hatte, hörte man nichts mehr von ihr noch von ihrem Lied. Das hatte lange gedauert. Lange auch, diesen Leib in diesen Korbstuhl zu bequemen. Als das erledigt war, war wirklich nichts, nein, nichts mehr zu hören von

Valérie, noch von ihrem Lied, noch vom Lärm des Motors.
Rings um Herrn Andesmas erhebt sich unbeweglich der Wald, auch rings um das Haus, auch auf dem ganzen Hügel. Zwischen den Bäumen ist Dickicht, in dem jeder Lärm versinkt, selbst die Lieder von Valérie Andesmas, seinem Kind.
Ja, das war es. Es war das Dorf, das aus seiner Mittagsruhe erwachte. Von Sonnabend zu Sonnabend ging der Sommer hin. Tanzlieder stiegen bis zur Plattform empor, bisweilen wild durcheinander. Es war die Wochenendrast der Arbeiter. Herr Andesmas arbeitete überhaupt nicht mehr. Andere mußten sich von unglaublichen Arbeiten erholen. Andere lediglich, von nun an, von nun an. Herr Andesmas wartete auf sie, wartete auf ihren guten Willen.
Das weiße Rechteck des Platzes wurde von einer Gruppe Menschen überquert. Herr Andesmas sah nur einen Teil dieses Rechtecks. Er verspürte kein so lebhaftes Bedürfnis, es vollständig zu sehen, daß er sich hätte erheben und die zehn Schritte machen mögen, die ihn von der Schlucht trennten, wo er, von da aus, es hätte sehen können, und ebenso, hinter der Reihe grüner Bänke, die der

Hitze wegen noch leer waren, das schwarze Auto Valéries hätte sehen können.
Es war ein Tanzlied.
Es endete.
Hinter Herrn Andesmas, am ruhigen Ufer dieses vollständig mit Wasserlinsen bedeckten Teiches, im Schutze ungeheurer Bäume, spielten da, zu dieser Stunde, Kinder und fingen Frösche, um sie in aller Unschuld leichten Foltern zu unterwerfen, die sie aus vollem Halse lachen machen? Herr Andesmas dachte häufig an die Jugend dieses Teiches, seit der Hund vorbeigekommen war, der dort wohl jeden Tag trank, und seit er sich entschlossen hatte, ihn für alle anderen zu sperren, ausgenommen Valérie, sein Kind.
Eine Folge sehr kurzer, trockener Knacklaute umgab ihn plötzlich. Wind zog über den Wald.
– Ach, schon, sagte Herr Andesmas ganz laut. Schon...
Er hörte sich reden, er fuhr hoch und er schwieg. Rings um ihn beugte sich, in sanften, wiederholten Wogen, der Wald in seiner ganzen Ausdehnung. Das war von nun an ein seltenes Schauspiel im Dasein von Herrn Andesmas. Er beugte sich in seiner ganzen Ausdehnung, aber unterschiedlich je nach der Höhe seiner Bäume, ihrer Neigung,

ihrer größeren oder geringeren Last an Zweigwerk.
Herr Andesmas machte noch nicht die Bewegung, mit der er auf seine Uhr schaute.
Der Wind ließ nach. Der Wald fiel in seine schweigsame Stellung auf dem Berge zurück. Das war nicht der Abend, sondern lediglich ein Zufallswind, noch nicht der abendliche. Unten bevölkerte sich indessen der Platz jede Minute mehr. Etwas ereignete sich.
Ich kann mir nicht ersparen, mit Michel Arc zu sprechen, dachte Herr Andesmas deutlich. Mir ist warm. Meine Stirn ist schweißbedeckt. Er verspätet sich jetzt um mehr als eine Stunde. Das hätte ich nicht von ihm gedacht. Einen alten Mann warten lassen.
Es war ein kleines Tanzfest wie jeden Sonnabend in dieser Jahreszeit.
Die Melodie, von einem Plattenspieler wiederholt, stieg vom Hauptplatz empor. Sie erfüllte die Leere. Diejenige, die Valérie seit einiger Zeit sang, diejenige, die er sie singen hörte, wenn sie durch die Korridore ihres Hauses ging, da die Korridore, wie sie sagte, zu lang seien und sie sich langweile, wenn sie hindurchgehe.
Herr Andesmas hörte aufmerksam, wohlzufrie-

den, die Melodie, und sein Warten auf Michel Arc wurde weniger dringlich, weniger mühselig. Er kannte von Valérie alle Worte des Liedes. Einsam und für alle Zukunft unfähig, diesen zerstörten Körper tanzen zu lassen, für alle Zukunft, erkannte er dennoch den Reiz des Tanzes, sein unwiderstehliches Drängen, sein Dasein, das sein Ende begleitete.

Manchmal tanzt Valérie, weil sie sie zu lang findet, voller Ungeduld, durch die langen Korridore des Hauses, sogar fast ständig, erinnert sich Herr Andesmas, abgesehen von den Stunden der Mittagsruhe ihres Vaters, der seinen. Das Hämmern von Valéries nackten Füßen, die durch die Korridore tanzt, er hört es jedesmal, und jedesmal glaubt er, daß es sein Herz ist, das durchgeht und erstirbt.

Herr Andesmas ergab sich geduldig darein, auf einen Menschen ohne Worte zu warten.

Er hörte die Tanzmelodien.

Ihm blieb von seiner entschwundenen Jugend, daß er bisweilen die Füße in seinen schwarzen Schuhen bewegte, im Takt. Der Sand der Plattform war trocken und gut geeignet für das Spiel mit den Füßen.

– Eine Terrasse, hatte Valérie gesagt. Michel Arc versichert, daß es sich aufdränge, sie anzulegen.

Fern von dir. Aber ich komme jeden Tag, jeden Tag, jeden Tag. Es wird Zeit. Fern von dir.

Vielleicht tanzt sie auf dem Platz? Herr Andesmas weiß es nicht. Sie hatte so sehr nach diesem Haus verlangt, Valérie. Herr Andesmas hatte es ihr gekauft, sobald sie das Verlangen danach geäußert hatte. Valérie behauptet, vernünftig zu sein. Sie behauptet, niemals um etwas zu bitten, was sie nicht notwendig brauche. Nur noch den Teich, hat sie gesagt, und danach werde ich nie wieder um etwas bitten.

Zum erstenmal sieht Herr Andesmas das Haus, das er für Valérie gekauft hat. Ohne es anzusehen, auf ihr bloßes Verlangen hin, hat er es ihr, Valérie, seiner Tochter, ein paar Wochen zuvor gekauft.

Unter dem Knacken des ganzen Korbstuhls prüfte Herr Andesmas das Grundstück, das Valérie ausgesucht hatte. Das Haus war klein, aber das Gelände ringsumher war flach. Man konnte es sehr leicht an drei Seiten vergrößern, wenn Valérie den Wunsch danach äußern sollte.

– Mein Zimmer wird bestimmt nach der Terrasse hin liegen. Morgens werde ich dort frühstücken.

Valérie wird also bald, im Nachthemd, nach dem

Erwachen, ganz wie ihr der Sinn steht, das Meer betrachten. Und das würde manchmal sein, wie es heute war, unbewegt.

Quand notre espoir sera là chaque jour
Quand notre espoir sera là pour toujours...

Alle zwanzig Minuten etwa kehrt der Wind zurück mit immer größerer, wüsterer, durch ihre regelmäßige Wiederholung noch angewachsener Kraft. Der Platz tanzt, tanzt, tanzt, ausnahmslos.
Und manchmal würde das Meer Schaumkronen haben, und manchmal würde es sogar im Dunst verschwinden. Es würde auch geschehen, daß es violett wäre, aufgewühlt, und daß die Stürme Valérie veranlaßten, sich, verstört, von der Terrasse zurückzuziehen.
Und Herr Andesmas hat Angst um sein Kind Valérie, dessen Liebe unerbittlich sein sinkendes Schicksal beherrscht, daß künftige Stürme sie erschrecken könnten, wenn sie sie, beim Erwachen, auf dieser Terrasse, die hinausragt auf das Meer, in ihrer Unermeßlichkeit entdeckte.
Allerlei Jugend war wohl auf dem Dorfplatz. Standen an den, nun selbst von dem streunenden Hund geflohenen, Ufern des Teiches nicht Blumen

in hitzigem Blühen, das, morgen, vergehen würde? Valérie mußte an ihren Teich gehen und ihre Blumen betrachten. Eine Abkürzung brächte sie, schnell, dahin. Man konnte diesen Teich zweifellos, mit geringen Kosten, kaufen. Valérie hatte recht, ihn für sich zu verlangen. Valérie, so schien es doch, lachte noch über das Schwimmen der Frösche auf der Oberfläche der Teichwässer, nicht wahr? Valérie, so schien es doch, hatte noch Vergnügen daran, sie in der Hand zu halten? lachte noch darüber, sie auf solche Weise zu erschrecken? Herr Andesmas wußte es nicht mehr so genau. Selbst wenn die Zeit, sie zu quälen, vorüber war, hatte sie nicht noch auf andere Art Vergnügen an ihnen, daran, ihre in ihrer Hand eingesperrte Lebhaftigkeit anzusehen, und an ihrem Erschrecken? Herr Andesmas weiß gar nichts mehr.

– Michel Arc, sagte das Mädchen, läßt Ihnen sagen, daß er bald kommen wird.

Herr Andesmas hatte sie nicht kommen sehen. Vielleicht war er während ihres Nahens eingenickt? Er entdeckte sie ganz plötzlich, aufgerichtet, auf der Plattform, in derselben Entfernung wie der rotgelbe Hund. Wenn er eingenickt war, war das dann während dieses Nahens geschehen, oder schon ein wenig eher?

– Danke, sagte Herr Andesmas, danke, daß du gekommen bist.
Das Mädchen betrachtete, aus dieser ehrerbietigen Entfernung, den massigen, in dem Korbstuhl eingeschlossenen Körper, den es zum erstenmal sah. Sie hatte wohl im Dorf davon sprechen hören. Unter dem uralten, lächelnden und bloßen Kopf war der Leib prächtig mit wunderbaren dunklen Kleidungsstücken von peinlicher Sauberkeit bedeckt. Man sah die ungeheure Form nur annäherungsweise, sie war sehr ziemlich von diesen wunderbaren Kleidungsstücken bedeckt.
– Also, er wird kommen? fragte Herr Andesmas liebenswürdig.
Sie machte ein Zeichen, daß er kommen würde, ja. Ihr Umriß war bereits so langgestreckt, daß Herr Andesmas einzig aus der Unschicklichkeit des Blikkes, den sie an ihn wandte, erriet, daß sie noch ein Kind war.
Unter den schwarzen Haaren traten klar die Augen hervor. Das Gesicht war klein, auffällig blaß. Der Blick gewöhnte sich nach und nach an das Schauspiel, das Herr Andesmas bot. Er ließ von ihm ab und überflog die Umgebung des Hauses. Kannte sie den Platz? Das war anzunehmen. Sie war wohl in Gesellschaft anderer Kinder dorthin

gekommen, und sogar bis zu dem Teich – diesem Teich, zu dem sie bald nicht mehr kommen würde – sie war wohl gekommen. Dort zweifellos hatten sich, früher, die Kinder aus diesem Dorf und die aus den fernen Siedlungen von jenseits des Hügels wohl getroffen.

Sie wartete. Herr Andesmas machte eine Anstrengung, bewegte sich in seinem Stuhl und griff in seiner Westentasche ein Hundertfrancstück. Er hielt es ihr hin. Auch aus diesem Grunde kam sie auf ihn zu und ergriff höchst einfach das Hundertfrancstück, so daß er in dem Eindruck bestärkt wurde, sie sei noch ein Kind.

– Herr, Herr Andesmas, vielen Dank.

– Na, du kennst meinen Namen, sagte Herr Andesmas zärtlich.

– Michel Arc, das ist mein Vater.

Herr Andesmas lächelte dem Kind zu, als wolle er es begrüßen. Sie schnitt eine kleine Fratze, wie aus Höflichkeit.

– Was soll ich ihm von Ihnen ausrichten? fragte sie.

Überrumpelt suchte Herr Andesmas nach Worten, dann fand er sie.

– Es ist eigentlich noch früh, aber wenn er nicht zu spät käme, wäre das sehr freundlich von ihm.

Alle beide lächelten einander wieder zu, befriedigt von dieser Antwort, als wäre es jene vollkommenste gewesen, die das Kind erwartet hatte und die Herr Andesmas erraten hatte, weil er ihm hatte gefällig sein wollen.

Statt fortzugehen, setzte sie sich an den Rand der künftigen Terrasse und betrachtete den Abgrund.

Die Musik stieg immer noch auf.

Das Kind hörte ihr ein paar Minuten lang zu und dann ergriff es spielend den Saum seines – blauen – Kleides, zog es über seine untergeschlagenen Beine, hob es wieder hoch, zog es wieder darüber, einmal ums andere.

Und dann gähnte sie.

Als sie sich nach Herrn Andesmas umdrehte, nahm er wahr, wie ihr ganzer Körper hochfuhr und daß ihre Hände sich öffneten und das Hundertfrancstück losließen.

Sie hob es nicht wieder auf.

– Ich bin ein bißchen müde, erklärte sie. Aber ich will hinuntergehen und meinem Vater sagen, was Sie mir gesagt haben.

– Ach, ich habe Zeit, ich habe Zeit, ruh dich aus, bat Herr Andesmas sie.

Quand le lilas fleurira mon amour

Sie hörten beide den Kehrreim. Bei der zweiten Strophe sang ihn das Kind mit einer schwachen und unsicheren Stimme, den Kopf immer noch gegen den Abgrund von Licht gewandt, in völligem Vergessen der Gegenwart des Alten. Obgleich die Musik deutlich war, hörte Herr Andesmas nichts als die kindliche Stimme. Er wußte, in seinem Alter, daß seine Gegenwart nicht mehr störte, niemals, wen auch immer, und schon gar Kinder nicht. Abgewandt von ihm sang sie, unter schülerhafter Markierung der Takte, das ganze Lied.
Als es zu Ende war, trat ein Geräusch an seine Stelle. Wie jedesmal, wenn es verklang, hörte man Schreie von Männern, und die der Mädchen dehnten sich, glücklich, in ihnen. Man forderte es ein zweites Mal, aber es kam nicht wieder. Die Stille, beinahe die Stille breitete sich erstaunlich über den Platz, das Lachen und die Schreie verklangen fast, auslaufend, ermattet, überschwemmt von ihrem eigenen Strom. Dann pfiff das Kind die Melodie des Liedes. Es war ein grelleres, langsameres Pfeifen, als es hätte sein sollen. Sie war wohl noch nicht im Tanzalter. Sie pfiff, mit bemühtem Fleiß, schlecht. Der Wald wird davon durchdrungen, und das Herz des Zuhörers, aber das Kind hört sich nicht. Valérie pfeift in den Korridoren, von den

Stunden der Mittagsruhe ihres Vaters abgesehen, bewundernswert. Wo hast du, meine kleine Valérie, so gut pfeifen gelernt? Sie kann es nicht sagen. Als es mit dem Kehrreim fertig war, musterte das Kind, sehr ausführlich, den Dorfplatz und wandte sich dann Herrn Andesmas zu, diesmal furchtlos. Es hatte, vielmehr, einen glücklichen Ausdruck. Nun, nun, vielleicht verlangte es nach einer Liebenswürdigkeit, zu der es nicht kam? Vielleicht hatte es die Gegenwart des Alten nicht in dem Maße vergessen, mit dem man hätte rechnen können? Warum diese Freude? Der glückliche Ausdruck dauerte an, unbewegt, dann verging er plötzlich, bis er eine gleichermaßen unbewegliche und ungerechtfertigte Besonnenheit erlangt hatte.

– Du kannst gut pfeifen, sagte Herr Andesmas. Wo hast du das gelernt?

– Ich weiß nicht.

Sie erforschte Herrn Andesmas mit ihrem Blick und fragte:

– Ich gehe jetzt? ich gehe jetzt hinunter?

– Ach, nimm dir nur Zeit, wandte Herr Andesmas ein, soviel Zeit du willst, ruh dich aus. Du hast dein Hundertfrancstück verloren.

Vielleicht machte so viel Fürsorge sie verlegen. Sie hob das Geldstück auf und betrachtete von neuem diese eindrucksvolle Masse, die tief zu ruhen schien, in den Stuhl versenkt – im Schatten der weißen Mauer des Hauses. Hatte sie Verlangen danach, irgendein Zeichen der Ungeduld in diesen zitternden Händen, in diesem Lächeln zu finden?

Herr Andesmas suchte irgendeinen Satz zu sagen, der sie von diesem Anblick abgelenkt hätte, aber er fand ihn nicht, blieb wortlos.

– Aber, wissen Sie, ich bin gar nicht so müde, sagte das Kind.

– Ach, du hast doch Zeit, sagte Herr Andesmas.

Dem Gesicht von Herrn Andesmas prägte sich das Lächeln nicht mehr natürlich ein. Außer wenn Valérie im Rahmen der Glastür erscheint, die zum Park hinausgeht, und in den tausend kleinen Rissen seiner Gesichtshaut eine tierische, unbeherrschbare Freude an die Oberfläche dringt, lacht Herr Andesmas nur noch, wenn er sich zu erinnern meint, daß die Schicklichkeit es verlangt, und er kann es nur noch mit angestrengter Heuchelei, die ihn allerdings als fröhlichen alten Mann gelten läßt.

– Du hast doch Zeit, glaub mir nur, wiederholte er.

Das Kind war aufgestanden, schien nachzudenken.

– Dann geh ich ein bißchen herum, beschloß es, für

den Fall, daß mein Vater kommt, fahre ich mit ihm im Auto hinunter.
– Da ist ein Teich, dort drüben, sagte Herr Andesmas und wies mit dem linken Arm auf Valéries künftigen Wald.
Sie wußte es.

Sie ging in die Richtung, in der die Hügelkuppe lag, die Richtung, aus der der rotgelbe Hund gekommen war. Sie ging linkisch auf ihren kaum gerundeten, mageren Beinen, auf Vogelfüßen, unter dem lächelnden und gemessenen Blick des Alten. Er folgte ihr mit den Augen, bis er nichts mehr von ihr sah, nichts, nicht einen einzigen von den blauen Tupfen ihres Kleides mehr, und dann befand er sich erneut in dieser Verlassenheit, deren bestürzende Maßlosigkeit sie durch ihr Erscheinen, wenn auch sehr vorsichtig, nur noch hervorgehoben hatte.
Ihr Kleid war über der besonnten Plattform sehr blau gewesen. Wenn er die Augen schließt, findet Herr Andesmas seinen genauen Farbwert wieder, während er den rotgelben des Hundes, der ihm vorausging, nur noch sehr schlecht wiederfindet.
Er bedauert heftig, sie zum Gehen ermutigt zu haben. Er ruft sie zurück.

– Und was tut dein Vater denn? fragt er.
Während sie bis dahin, vor so viel Alter, eine widerwillige, aber achtungsvolle Haltung gezeigt hat, wird sie jetzt herausfordernd. Vom Wald kommt ein Schrei, durchdringend, gereizt.
– Er tanzt.

Herrn Andesmas' Warten begann von neuem.
Allerdings war es zunächst beruhigter, weniger ungeduldig als einen Augenblick zuvor.
Er blickt in den Abgrund von Licht. Das Meer ist von dieser Höhe aus, bemerkt er, fast ebenso blau wie der Himmel. Er erhebt sich, um sich die Beine zu vertreten und das Meer besser zu sehen.
Er erhebt sich, macht drei Schritte hin auf den Abgrund voll von einem bereits vergilbenden Lichte, und er bemerkt, wie er es vorhergesehen hatte, neben den grünen Bänken des Dorfplatzes, im Schatten der Bäume, das abgestellte schwarze Auto Valéries.
Und dann kehrt er zu seinem Stuhl zurück, setzt sich wieder, betrachtet wieder seine schattenbedeckte, in den Stuhl versenkte Masse, und dann macht er sich noch einmal bereit, auf Michel Arc zu warten, und, mehr noch, auf die Rückkehr des Kindes, eine erwartete, vorhergesehene Rück-

kehr; und da, während dieser Zwischenzeit, soll Herr Andesmas die Schrecken des Todes kennenlernen.

Sobald er ordentlich seinen Platz eingenommen hat, bereit Michel Arcs Verspätung hinzunehmen, aus eigenem Entschluß völliger Vergebung jeden Versagens ihm gegenüber sich unterwerfend, in dem Augenblick, in dem der Gedanke an die doch vorhandene Nähe Valéries ihm kommt – ihr schwarzes Auto ist da, auf dem weißen Rechteck des Platzes – lernt Herr Andesmas die Schrecken des Todes kennen.

Kam es daher, daß er den Gang des Kindes über den Weg gesehen hatte, das gebrechliche Treten seiner Füße auf die Kiefernnadeln? daß er sich seine Einsamkeit in dem Wald vorgestellt hatte? seinen leicht verängstigten Lauf zu diesem Teich? daß er sich seiner Folgsamkeit erinnerte, dieses sklavischen Gehorsams, den sein Vater ihm aufgezwungen hatte, daß es diesem Alten Bescheid brachte, dessen Anblick ihm ekelhaft gewesen war, ein Gehorsam, der schließlich in seiner Gereiztheit herrlich ans Licht gekommen war?

Herr Andesmas glaubt von dem Verlangen überschwemmt zu werden, das er empfindet, dieses andere Kind zu lieben, und keine Möglichkeit mehr zu besitzen, sein Gefühl diesem Verlangen gehorchen zu lassen.

Wenn er diese Episode seines endlosen Alters erzählte, behauptete er, von dem Augenblick an, in dem das Mädchen auf die Kuppe dieses verödeten Hügels zugegangen war, dem Augenblick der zermürbenden Zartheit ihres Ganges an, der sie zu diesem Teich brachte, an den Valérie, wie er wußte, nicht mehr allein gehen würde, an jenem Tage dieses Verlangen empfunden zu haben. Er verlangte an jenem Tage, zum letzten Mal, seine Gefühle zugunsten dieses Kindes, das auf den Teich zuging, mit einer ebenso wilden, ebenso unabweislichen Gewalt zu verwandeln wie jener, sagte er, mit der er, lange zuvor – in tödlicher Leidenschaft – nach einer bestimmten Frau verlangt hatte.

Aber da er es so sehr verlangt, findet er nun den Geruch von Valéries Kinderhaaren wieder, und seine Augen schließen sich vor Schmerz über diese Ohnmacht, die letzte in seinem Leben. Aber – ist es der Wald, der, in seiner Tiefe, Blüten verbirgt, die er nie gesehen hat und die ein Luftzug ihm zuträgt? ist es der beharrliche Geruch dieses anderen, entschwindenden Kindes, den er, in seiner Gegenwart, nicht wahrgenommen hat? – nun kommt ihm die Erinnerung an diesen duftenden Prunk der Haare seines Kindes, nun kommt ihm, vorzeitig, das höllische Gedenken an ein Blond, das sehr schnell, sehr schnell, in gerade diesem Hause den Schlaf eines noch unbekannten Mannes betäuben wird.

Eine betörende Schwere ergreift nach und nach Besitz von Herrn Andesmas, von seinem ganzen Körper, und erobert nach und nach sein Denken. Seine Hände auf den Armlehnen des Stuhles werden zu Blei und sein Kopf wird sich selbst fern, läßt sich in eine ihm bis dahin unbekannte Mutlosigkeit treiben, sich noch aufrecht zu halten.

Herr Andesmas versucht, sich zur Wehr zu setzen und sich zu sagen, daß dieses lange Warten auf Michel Arc, in dieser Bewegungslosigkeit, durch diese Hitze, er darf sich das nicht verbergen, unheilvoll für seine Gesundheit ist. Aber es nützt nichts. Die betörende Schwere erobert ihn immer mehr, tiefer, immer entmutigender, unbekannter. Herr Andesmas versucht sie einzudämmen, ihr Eindringen in ihn aufzuhalten, aber sie beherrscht ihn ständig mehr.

Da ist sie gegründet auf sein ganzes bisheriges Leben, hat Zuflucht gefunden für den Augenblick, ist schweifend eingeschlafen auf ihrem Sieg.

All die Zeit über, während der sie da ist und schläft, versucht Herr Andesmas, dieses andere Kind zu lieben, das er nicht mehr lieben kann.

Herr Andesmas versucht all die Zeit über, während der sie da ist und schläft, der Erinnerung an Valérie die Stirn zu bieten, die dort ist, dort unten, auf dem weißen Rechteck des Platzes, und die er vergessen hat.

– Ich werde sterben, artikulierte Herr Andesmas ganz laut.

Aber dieses Mal fährt er nicht hoch. Er hört seine Stimme ganz genauso wie er sie, kurz zuvor, hat sagen hören, daß der Wind sich erhob, aber sie erstaunt ihn nicht, da sie ja einem Menschen gehört, den er nicht mehr erkennt, unfähig, dieses Kind am Teich zu lieben.

Er ist noch da und liebt dieses Kind nicht, das er lieben würde, wenn er es könnte, und er stirbt daran, es nicht zu können, einen wirklichen Tod, der ihn nicht tötet. Ein anderer liebt es, unsinnig, der nicht er ist, der er aber sein könnte und der er nicht sein wird.

Er wartet auf das Schwinden dieser drängenden Überraschung, daß er nicht davon stirbt, in diesem Maße zu glauben, daß er stirbt. Niedergedrückt von diesem unmöglichen Verlangen, seine Gefühle zu verwandeln, auf andere Weise zu lieben, betrachtet er mit aller Anspannung die Bäume und beschwört sich, sie schön zu finden. Aber sie sind ihm nicht die geringste Hilfe. Er stellt sich dieses andere so berückende Kind vor, das die unwahrnehmbaren Stöße der Gräser, die sich einen Ausweg ans Licht bahnen, am Ufer des Teiches betrachtet, ohne sie zu sehen, aber es ist ihm nicht die geringste Hilfe. Seine Vorliebe für Valérie, sein Kind, bleibt immer hell und unausdrückbar. So ist es.

– Wie ungezogen dieser Mann ist, fährt er fort. Vergebens. Ach, wie sehr versucht er dieses lange Warten einzuholen, auf das er schon so lange verwiesen ist und das er so leichthin seine Verzweiflung nennen kann! Ach, daß die Blondheit Valéries die ganze Welt gewönne, daß die ganze Welt vor soviel Blond, wenn ihr daran liege, ihren Glanz verlöre, warum dächte man das? denkt Herr Andesmas. Gleichzeitig weiß er, daß man das nicht denken kann. Und, wenn das denkbar war, warum dächte man es mit diesem vernichtenden Schmerz, und nicht voll Güte? fährt Herr Andesmas zu denken fort, während er weiß, daß er lügt, daß dies nur in äußerstem Schmerz gedacht zu werden gewagt werden kann.

Dieser Schmerz, behauptete Herr Andesmas, blieb jung, hassenswert jung. Wie lange? Er konnte es nie sagen. Aber lange genug, daß er, zu guterletzt, sein williges Opfer würde. Und seine Vernunft, die ihm im Laufe seines Lebens nie gefährlich geworden und vielmehr immer als die beste mögliche gelobt worden war, bequemte sich, auch sie, dieser Störung ihres gewohnten Ganges.

Herr Andesmas willigte ein, kein anderes Schicksal mehr zu kennen als das der Liebe zu Valérie.

– Warum auf Michel Arc warten, der doch sowieso heute abend nicht kommen wird?

Er hatte wieder ganz laut gesprochen. Bestimmt, er sprach laut. Und es kam ihm vor, als sei seine Stimme fragend. Er antwortete sich ohne Schrecken, denn was gab es, gemessen an der Entdeckung der allumfassenden Blondheit Valéries, noch für einen Schrecken, den er hätte empfinden können?

– Wer täte das denn? antwortete er sich. Wer, an meiner Stelle, geriete nicht in Wut?

Er wagte einen Blick nach links, nach dem Weg, auf dem bald dieses andere, verratene Kind erscheinen mußte, und so verharrte er, aufrecht in seinem Korbstuhl sitzend, während dieses Kind nicht von dem Teich zurückkehrte und der Nachmittag sein volles Maß an gelber und sanfter Sonnenstrahlung erreichte.

In dieser Stellung schlief Herr Andesmas ein.

Herr Andesmas behauptete später, an jenem Nachmittag das Opfer einer – durchdringenden und wesenlosen, sagte er – Entdeckung geworden zu sein, die im Laufe seines Lebens zu machen, er keine Muße gehabt habe, und die ihn, offensichtlich seines hohen Alters wegen, mehr erschöpfte als sie gedurft hätte, von der er aber versicherte, daß er sie ungeachtet dessen für recht üblich halte. Aus Bequemlichkeit und vielleicht auch wegen seines unzureichenden Wortschatzes nannte er sie die Entdeckung des Sinnes der Liebe zu seinem Kinde.

Sein Reden, dessen Kosten Michel Arc bestritt, dauerte an, aber er wußte nie ganz genau, was sein Inhalt war. Starke und heftige Ausdrücke wurden in der Zeit, die auf sein Weisewerden folgte, auf der Plattform ausgesprochen. Er hörte sie. Er hatte die Köstlichkeiten dieses Leichenschmauses, bei dem er seine eigenen Eingeweide verschlang, kaum geahnt, als Herr Andesmas in einer Furcht, die von nun an aufs schimpflichste über seine Kräfte ging, und gerade ihretwegen sich an die Achtlosigkeit hielt, die Michel Arc ihm gegenüber zeigte.

An vereinzelten Stellen der Ebene, über den bewässerten Feldern, wird schon feiner Dunst sichtbar, den dieses gelbe und weiche Licht des Abgrundes immer schwerer zerstreut.

Fraglos eintönig, aber von seltener Vollkommenheit war dieser Junitag.

Wie lange dauerte diese Rast? Er konnte auch das nie sagen. Herr Andesmas sagte, solange sie dauerte, habe er von lächerlichen Genugtuungen geträumt, die sich auf seine vorangegangenen Gespräche mit Michel Arc über den Kostenanschlag für Valéries künftige Terrasse, dem Meer aller Jahreszeiten gegenüber, bezogen.

Tatsächlich dauerte diese Rast nicht lange, gerade lange genug, um dem Mädchen Zeit zu lassen, sich am Teich zu vergnügen und von ihm zurückzukehren. Sie kam wirklich von der Höhe des Hügels zurück.

Herr Andesmas erinnerte sich bis zum letzten Augenblick seines Lebens an das Nahen dieses anderen Kindes.

Im Walde schlug, ferne zunächst, dann immer und immer näher, das Hämmern eines Schrittes auf den Boden. Aber dieser so leichte Schritt über die trokkenen Blätter auf dem Wege siegte nicht über den Schlaf von Herrn Andesmas. Er hörte ihn. Er gab sich Rechenschaft von einem menschlichen Nahen, das er auf den südlichen Hang des Hügels verwies; er sagte sich sogar, daß das Kind von dem Teich zurückkehre, aber er glaubte, es sei noch weit entfernt von der Plattform und er habe Zeit genug, noch zu schlafen, und statt sich auf seinen Empfang vorzubereiten, schlief er wieder ein, und zwar so tief, daß er es bald überhaupt nicht mehr hörte, selbst als es fast bei ihm angekommen war.

Das Kind kehrte zurück. Herr Andesmas war in diesen wohltätigen Schlummer versunken und sein Kopf war, sicherlich, noch immer in die Richtung des Weges gesenkt, auf dem es von dem Teich zurückkehren mußte.

Beobachtete es ihn schweigend eine Weile? Er wußte es nicht. Noch wie lange sein Spaziergang gedauert hatte. Und dieser Schlummer.

– He, Herr Andesmas, sagte das Kind ganz leise.

Es berührte zaghaft mit dem Fuß den Sand der Plattform.

Als Herr Andesmas die Augen öffnete, fand er die

makellose Unschicklichkeit eines schon bekannten Blickes auf sich wieder. Sie hatte sich ihm sehr weit genähert, ganz anders als beim ersten Mal, und er sah im Licht die hellen Augen besser. Ihm wurde klar, daß er sie vergessen hatte.

– Ah, ah, ich schlafe immerfort ein, überall, überall, entschuldigte sich Herr Andesmas.

Das Mädchen antwortete nicht. Sie musterte ihn mit einer unverständigen, unersättlichen Neugier von oben bis unten. Diesmal suchte Herr Andesmas ihren Blick. Er fand ihn nicht.

– Michel Arc ist nicht gekommen, siehst du, fuhr Herr Andesmas fort.

Das Mädchen runzelte die Brauen und schien nachzudenken. Ihr Blick ließ von Herrn Andesmas und suchte hinter ihm, auf der weißen Mauer, etwas wahrzunehmen, etwas zu entdecken, das sie zu sehen begehrte und das sie nicht sah. Dann nahm ihr Gesicht plötzlich einen Ausdruck bestürzender Roheit an, es verkrampfte sich unter der Anstrengung eines nicht anwesenden Blicks. Sie erblickte einen Traum und sie litt. Dieser Traum, den sie erblickte, war unsichtbar.

– Setz dich, ruh dich aus, sagte Herr Andesmas sanft.

Das Gesicht besänftigte sich ein wenig. Aber der

Blick erkannte den Alten nicht wieder, als er auf ihm ruhte. Dennoch gehorchte sie ihm. Sie setzte sich zu seinen Füßen und lehnte den Kopf gegen das Stuhlbein.

Herr Andesmas rührte sich nicht.

Er zählte seine Atemzüge, bemühte sich, sie tiefer zu machen, um sie der Stille des Waldes anzupassen, und derjenigen, die sich des Kindes bemächtigt hatte.

Ganz langsam hob sie Herrn Andesmas eine schmale und lange, schmutzige, unter dem Hundertfrancstück geöffnete Hand hin. Sie sprach, ohne den Kopf zu wenden.

– Das hab ich auf dem Weg gefunden, sagte sie.

– Ach, das ist schön, das ist schön, murmelte Herr Andesmas.

Hatte er eben richtig gesehen? Ihr Vergessen mußte vorübergehen, sie für kurze Augenblicke verstören und dann von ihr weichen.

Sie schwieg, den Kopf gegen das Stuhlbein gelehnt, im Schatten der Mauer.

Schloß sie die Augen? Herr Andesmas sah ihr Gesicht nicht, sondern lediglich ihre geöffneten und unbeweglichen Hände. In der rechten Hand hatte sie das Hundertfrancstück. Sein Mühen um Stille drohte Herrn Andesmas zu ersticken.

Quand le lilas fleurira mon amour
Quand le lilas fleurira pour toujours

Sie rührte sich nicht, solange das Lied dauerte. Als es zu Ende war, hob sie den Kopf und hörte auf das Lachen und die Schreie, die vom Dorfplatz emporstiegen. Das Lachen und die Schreie verklangen, aber sie verharrte, erhobenen Kopfes. Zu diesem Zeitpunkt bewegte sich Herr Andesmas in seinem Stuhl.

Das Kind lachte auf:

– Ihr Stuhl, der wird kaputt gehen, sagt sie.

Sie richtet sich auf und er erkennt ein schon bekanntes Kind.

– Ich bin dick, sagt er. Dieser Stuhl ist nicht für mich gemacht worden.

Er lacht nun auch selbst. Aber sie, sie wird schnell wieder ernst.

– Mein Vater ist noch nicht gekommen? fragt sie.

– Er wird kommen, sagt überstürzt Herr Andesmas. Er wird kommen, du kannst auf ihn warten, wenn du magst.

Sie bleibt da, um, ganz vernünftig, herauszufinden, was sie, mit einem Mal Waise dieses Vaters, der sie vergessen hat, am liebsten mit ihrer Zeit anfängt. Ihr Blick bleibt verwildert, verwaist auch er, durch diesen Tumult, der sie gerade eben überwältigt hat, als sie den Wald durchquerte. Sie hebt die Hände zu ihrem Gesicht empor, kreuzt sie über ihrem Mund und reibt sich die Augen, wie sie wohl beim Erwachen tut.

Bei welchem Spiel hat sie sich am Teich vergnügt? Ihre Hände waren verschmutzt von trockenem Schlamm. Sie hatte bestimmt das Hundertfrancstück fallen lassen, nachdem sie es Herrn Andesmas hingehalten hatte. Ihre Hände sanken, wirklich leer, an ihrem Kleid herab.

– Ich gehe jetzt, sagt sie.

Da entsinnt sich Herr Andesmas plötzlich, daß Valérie ihm gesagt hat:

– Die älteste Tochter von Michel Arc ist nicht wie die andern. Michel Arc glaubt, daß seine Tochter nicht ist wie die andern. Es ist nicht so schlimm, heißt es. Für kurze Augenblicke vergißt sie alles. Armer Michel Arc, dessen Tochter nicht ist wie die andern.

Sie schien es mit dem Weggehen nicht eilig zu haben, nachdem sie sich einmal dazu entschlossen hatte. Vielleicht empfand sie Zutrauen in der Gegenwart dieses Alten? Oder zog sie es, da es nicht den geringsten Unterschied machte, ob sie dort oder anderswo war, vor, zu warten, bis sie einen besseren Einfall hatte als den, den sie gehabt hatte, nämlich heimzukehren?

– Soll ich meinem Vater sagen, daß Sie noch lange auf ihn warten?

Sie lächelte. Ihr Gesicht war vollkommen wiederzuerkennen. List sickerte durch ihr Lächeln, während sie auf die Antwort von Herrn Andesmas wartete, und Herr Andesmas stieß sie, mit glühenden Wangen, freudig hervor.

– Also, ich werde auf Michel Arc warten, solange es noch hell ist!

Hört sie die Antwort? Ja. Sie hört sie.

Als sie sich auf den Weg macht, sieht sie im grauen Sand der Plattform das Hundertfrancstück. Sie betrachtet es, bückt sich, und noch einmal ergreift sie es und zeigt es Herrn Andesmas. Ihr Blick ist anwesend.

– Da, sagt sie. Von jemand verloren?

Sie lacht wieder.

– Ja, bestätigt Herr Andesmas. Behalt es.

Die Hand, bereit sich zu schließen, tut es mechanisch.

Nun wird sie wieder versonnen, zerstreut. Sie geht auf Herrn Andesmas zu und streckt ihm die linke Hand hin, jene, die das Hundertfrancstück nicht umschließt.

– Später werde ich mich fürchten, sagt sie. Ich sage Ihnen auf Wiedersehen, Herr Andesmas.
Die Hand war warm, rauh vom Schlamm des Teiches. Herr Andesmas versuchte, sie in der seinen zurückzuhalten, aber sie entschlüpfte ihm, ungeduldig, sie besaß die Schmiegsamkeit, die Geschmeidigkeit eines ausgerissenen Grases, selbst in den Bewegungen, die sie verursachte. Sie hielt ihm die Hand fast widerwillig hin, sie tat es wie ein ganz kleines Kind, voll wohlerzogenem und erlaubtem Schrecken.
– Vielleicht wird Michel Arc erst am späten Abend kommen?
Sie zeigte zum Abgrund, wo getanzt wurde.
– Hören Sie, sagte sie.
So blieb sie, verharrte, unbegreiflich, in dieser Gebärde. Dann zerfiel grundlos diese Gebärde, oder endete der Tanz?
– Was hast du am Teich getan? fragte Herr Andesmas.
– Nichts, sagte sie.
Sie verschwand, ohne fehlzugehen, auf dem Weg, den der rotgelbe Hund eingeschlagen hatte, verständig, gemächlich. Herr Andesmas machte eine Gebärde, als wolle er sie zurückhalten, aber sie merkte nichts von ihr. Dann richtete er sich auf,

überlegte, wie er sie zurückhalten, wie er ihr es sagen könne, und rief, zu spät:
– Wenn du Valérie siehst ...
Sie erwiderte irgendetwas, nachdem sie schon hinter der Wegbiegung verschwunden war, aber sie kam nicht zurück.
Herr Andesmas hört jemanden pfeifen.

Er fällt in seinen Stuhl zurück. Er sucht aus dem Schweigen des Waldes die Worte zu sondern, die das Kind ausgesprochen hat, aber er vermag es nicht. Hat sie gesagt, daß sie Valérie nicht kenne? Oder daß Valérie wohl wisse, daß ihr Vater auf sie warte? Oder etwas anderes, das gar nichts mit der gestellten Frage zu tun hatte?
Das Echo der kindlichen Stimme schwebt lange, unauflösbar, um Herrn Andesmas, nachdem aber keiner der möglichen Sinne, die es hätte haben können, zurückgehalten worden ist, entfernt es sich, verlöscht, vereint sich mit den mannigfachen, tausenderlei Spiegelungen, die über dem Abgrund von Licht hangen, wird eine von ihnen. Es verschwindet.
Herr Andesmas findet sich allein vor. Allein, um auf einen Mann ohne Stundenplan zu warten. Im Wald.

Eines Tages wird man viele Bäume dieses Waldes fällen, Büsche ausreißen, einen Teil dieses ungestalten Dickichts verwüsten müssen, damit die Luft, frei, durch unermeßliche Lichtungen einströme und endlich diesem ungeheuren Durcheinander ein Ende setze.
Vom Dorfplatz her kann man ihn, so licht ist es, bemerken, wenn man danach verlangt. Seine Silhouette befindet sich an der Stelle der künftigen Terrasse seiner Tochter Valérie. Jedermann ist über diesen bevorstehenden Bau unterrichtet. Man weiß, daß er auf Michel Arc wartet. Er trägt wie immer einen dunklen Anzug. Ja, man kann ihn bemerken, diesen dunklen Fleck seines in den Korbstuhl gepreßten Körpers erkennen, der sich von der kalkweißen Mauer des Hauses abhebt, das er für seine Tochter Valérie gekauft hat. Dieser Fleck verschattet sich und wächst von Minute zu Minute in dem Maße, in dem die Zeit fortschreitet, und seine Anwesenheit auf der nackten und übersonnten Plattform wird immer eindeutiger. Es ist so sandig auf dieser Seite des Berges; ja, Valérie muß ihn sehen können, diesen Vater, wenn sie ihn zu sehen verlangt, in seinem Warten auf Michel Arc. Andere können es auch. Da ist er, allen Blicken preisgegeben, und jeder weiß, daß es sich einzig um ihn

handeln kann, um Herrn Andesmas. Der Erwerb dieses Hügels hat Aufsehen im Dorf erregt. Der auf den Namen von Valérie Andesmas von ihrem Vater erworbene Besitz deckt fünfundvierzig Hektar Waldgrund. Sie wohnen beide in diesem Dorf dort unten, im Herzen des Abgrunds, seit einem Jahr, seit er sich entschlossen hat, sagt man, sich von den Geschäften, denen er sich widmete, zurückzuziehen, im Besitze von genügend Geld, mehr sogar. Mit diesem Kinde. Nur auf ihr Verlangen hin hat er ihr, vor wenigen Wochen, diesen Hang des Hügels gekauft, der bis zum Ufer des Teiches reicht. Er wird den Teich kaufen.

– Ach! dieser Herr Arc, ach, dieser Mensch, bringt Herr Andesmas hervor.

Seine Stimme ist ihm vertraut geworden.

Mühselig richtet er sich halb auf, zerrt seinen Stuhl ein wenig vor, näher an den Rand der Plattform heran, um von unten leichter gesehen werden zu können. Aber er betrachtet nicht die Leere. Es wird immer noch getanzt, wenn man den Liedern Glauben schenkt. Er betrachtet vielmehr seinen in den Stuhl gedehnten Körper – breiter gedehnt als in der Anwesenheit des kleinen Mädchens – der mit diesem schönen dunklen Tuch bekleidet ist. Sein Bauch ruht auf seinen Knien, er ist umschlossen von einer Weste aus demselben dunklen Tuch, das Valérie, seine Tochter, ausgesucht hat, weil es neutral ist, von guter Qualität, und weil sich beleibte Männer bequemer und sicherer in ihm geborgen fühlen.

Müßig, und einsam, betrachtete Herr Andesmas, was nun endgültig aus ihm geworden war, voller Verdruß. Vom Weg her kam, noch immer, nichts. Von der Stelle aus, an der er sich jetzt befand, hätte er, wenn ihn danach verlangt hätte, das schwarze, abgestellte Auto Valéries sehen können.

Aber, erzählte er, er konnte eine zeitlang weder dieses schwarze Auto Valéries betrachten, noch an das Kind denken. Diese Erinnerungen umstellten ihn, eine an die andere gekettet, in einem Beieinander, das in seinen Augen eine lange Zeit identisch war. Er wußte, daß er seinen Blick weder auf die Blondheit Valéries noch auf den Taumel des anderen, verratenen Kindes richten konnte, ohne sich in gleicher Weise zu entsetzen. Selbst die Bäume betrachtete Herr Andesmas nicht, die ebenfalls auf so unschuldige Weise teilhatten an diesem unbegreiflichen Los, diesen Nachmittag zu bestehen.

Herr Andesmas betrachtete sich selbst. Und in dem Anblick, den er bot, fand er Trost. Er erfüllte ihn mit einem nicht wieder rückgängig zu machenden und unzweifelhaften Ekel. Er kam an diesem Abend der einzigen Gewißheit gleich, die er je im Laufe seines Lebens besessen hatte.

Wind naht. Niemals ist es Michel Arc.

Die Zeit vergeht und Herr Andesmas gewöhnt sich erneut an das Warten.

Es geschieht ihm sogar, daß er mit der verstohlenen Hoffnung liebäugelt, das Kind sei gar nicht ins Dorf zurückgekehrt, es streife noch in der Umgebung der Plattform herum; er gewöhnt sich erneut an die Vorstellung von seiner Gegenwart, dort, in seiner Nähe, ja, er ersehnt sie sogar, und sein Erwarten, das Kind wieder auftauchen zu sehen, verdrängt jenes andere Warten auf Michel Arc und auf Valérie.

Im Sand vor ihm schimmert ein Hundertfrancstück, das ihr aus den Händen geglitten ist. Sie hat es wieder fallen lassen, wieder und wieder.

– Sie öffnet die Hände und läßt alles fallen, sie kann auf nichts achten. Dennoch ist sie nicht ohne Gedächtnis. Das kann man nicht sagen.

Herr Andesmas macht eine gewisse Anstrengung, um das Hundertfrancstück aufzuheben, dann gibt er es auf. Und statt es zu nehmen, stößt er es mit seinem Fuß so weit wie möglich aus seinem Blickfeld. Aber es erreicht nicht, wie er gewollt hätte, das Unterholz, das die Plattform säumt, es rollt in dem trägen Sand einen Meter und bleibt liegen, halb verscharrt.

Nein, sie wird heute nicht zurückkehren. Sie wird jetzt wohl im Dorf angekommen sein. Sie ist ohne sonderliche Mühe hinabgestiegen, hat bisweilen gepfiffen, nach rechts und links geblickt, auf die Bäume und den Boden – ihre so zerbrechlichen und so geschickten Beine tragen sie ganz nach ihrem Wunsch –, hat allerlei aufgelesen, Kiesel, oder Blätter, die für sie, für sie allein, einen Augenblick lang eine unklare Bedeutung besitzen, die sie gefangennimmt. Dann öffnet sie die Hände, läßt ihren Besitz fallen.

– Dennoch, manchmal erinnert sie sich ihres Vergessens.

Hat sie Angst gehabt unterwegs? Ist sie ein oder zweimal gerannt? Hat sie den Weg verfehlt?

Nein, die Wege kannte sie besser als ihre Brüder und Schwestern, die ganz normal sind. Warum, das soll einer wissen?

Wann hat sie sich erinnert, daß sie das Hundertfrancstück vergessen hat? wenn sie sich daran erinnert hat? Dann, ja, ist sie wohl auf dem Wege stehen geblieben, hat sich wohl allein auf diesem verlassenen Wege gefunden und sich in stechendem

Schmerz gefragt, ob sie nicht zu dem alten Mann zurückkehren soll. Aber sie verzichtet in der unklaren Ahnung ihres Taumels darauf, sie versagt sich diese kindliche, unvernünftige Bewegung und setzt, stattdessen, ihren Weg aufs Dorf zu fort.
Herr Andesmas machte eine Anstrengung, er warf Sand auf das Hundertfrancstück, von dem er nichts mehr zu sehen wünschte. Er sah es nicht mehr. Er stöhnte, wie er es nach jeder Anstrengung tat.
Er findet ein wenig Ruhe. Wenn er heute Abend spät genug hinuntersteigt, hat er eine Chance, dieses Kind auf dem Dorfplatz wiederzusehen.
Herr Andesmas hatte vergessen, daß Valérie ihm häufig von Michel Arcs Tochter erzählt.
Aber niemals geht er auf den Dorfplatz. Also?
Er seufzt, beruhigt sich dann. Er wird schon wissen, wie er das Kind wiederfindet. Er wird Valérie nach der Möglichkeit fragen, es wiederzufinden. Er wird ihm seinen Schatz wiedergeben. Das Warten auf Michel Arc ist hinter dieses andere Warten zurückverwiesen, das Warten darauf, dem Kind diesen Schatz zurückzugeben, den es vielleicht vergessen hat.
Welch unerwartete Folge, denkt Herr Andesmas; welch neue und letzte Verantwortlichkeit seiner Rolle! Würde sie sich an ihn erinnern? Ja. Sie hatte

ihn eben so eindringlich betrachtet, daß sie eine Anstrengung machen würde, sich zu erinnern, wenn er sehr zärtlich zu ihr wäre. Dieser reiche, müßige und so alte Herr, dessen Tochter Valérie ist, weißt du? Ja. Sie hatte ihn beim Namen genannt, als sie auf der Plattform angekommen war.

– Sie versteht nicht, was die andern verstehen, und dennoch weiß und behält sie mancherlei. Nach Lust und Laune, könnte man sagen.

Schreie der Wonne stiegen aus dem Tal auf. Und dann überdeckte sie ein Tanz. Sie sangen einen Walzer. Ach, sie sollen tanzen, sie sollen tanzen, soviel sie Lust haben, solange sie tanzen, sollen sie nicht glauben müssen, sie dürften wegen einer Verpflichtung mir gegenüber bald schon nicht mehr tanzen.

Würde dieses Kind, wenn es auf dem Platz ankäme, im Glauben, immer noch im Besitz dieser hundert Franc zu sein, zerrissen zwischen dem Verlangen nach einer Tüte Bonbons und der Verpflichtung, seinem Vater mitzuteilen, daß Herr Andesmas bis zur Dämmerung auf ihn warten werde, gewahr werden, daß es diesen Schatz verloren hat? würde ihm die Erinnerung an sein Vergessen wiederkehren?

Sie bahnt sich einen Weg zum Platz, sie ist so brav,

so brav, dann quer durch die Tanzenden. Da ist ihr Vater, der so gut tanzt. Kann sie es lassen, vor Kummer zu weinen?

– Herr Andesmas hat gesagt, daß er auf dich warten wird, solange es noch hell ist.

– Das stimmt, um Gottes willen, das stimmt! ruft Valérie.

Oder wird sie nicht vielmehr bei ihrem Gang rund um den Platz, auf der Suche nach einer Tüte Bonbons, gewahr werden, daß sie wohl wieder einmal das Hundertfrancstück verloren hat, das sie in der Nähe des Alten gefunden hat?

Weint sie in einer Ecke, in solchem Maße vergeßlich zu sein?

Er wird es heute abend wissen. Heute abend. Er will es.

– Das stimmt, um Gottes willen! ruft Valérie. Aber wie spät es schon ist.

Nein, das Kind hat den Auftrag wohl nicht vergessen, den sein Vater ihm gegeben hat. Sie hat das Hundertfrancstück wohl im Staub des Platzes gesucht. Die Leute sehen ihr mitleidig zu. Weint sie?

Dann ist sie, quer durch die Tanzenden, auf Michel Arc zugegangen. Der Auftrag ist ausgeführt.

– Er hat schließlich doch nichts Besseres zu tun, sagt Michel Arc.
– Aber dieser Wald ist ihm ganz unbekannt. Warten ist verdrießlich.
Nein. Das Kind hat sich nicht an seinen Auftrag erinnert. Das Vergessen des Hundertfrancstückes, die Terrasse. Sie weint, allein. Ihr Vater tanzt in blinder Freude. Sie weint, wo? Wer sieht sie weinen, wer?

Das Warten des Herrn Andesmas wird schließlich noch einmal ruhig. Die Sonne steht noch hoch. Da er es einmal gesagt hatte, würde er bis zum Abend warten. Er weiß, daß das Mädchen den alten Mann vergessen hat.
Was sonst als warten? Warten auf Valéries Auto. Er macht sich lustig. Er ist in den Wald gebannt durch Valérie – sein Kind.
Da er gezwungen war, auf dieser Plattform zu bleiben, hat er schließlich die Angaben, die er Michel Arc über die Form der Terrasse, über ihre Maße, geben würde, ganz genau im Kopf. Die Zusammenkunft würde kurz sein. Er würde Michel Arc in ein paar Worten sagen, was man seiner Meinung nach tun müsse, bis wohin die Balustraden auf der Plattform gehen müßten.

Die Terrasse wird einen Halbkreis bilden, ohne jeden Winkel, sie wird bis auf zwei Meter an den Abgrund von Licht reichen.
Wenn sie, Valérie, aus ihrem Schlummer auffährt, ist ihre Frisur so unordentlich, daß ihre blonden Haare ihr über die Augen fallen. So wird sie durch das Flechtwerk ihrer blonden Haare, von ihrer Terrasse aus, bei ihrem Erwachen, das Meer entdecken, dieses Kind von Herrn Andesmas.
War die Sonne gewandert? Zweifellos, bemerkte Herr Andesmas. Eine Hecke, wenige Meter von ihm entfernt, bestreicht ihn mit ihrem Schatten von edler Größe, von eindrucksvoller Größe. Dieser Schatten beginnt sich mit dem der kalkweißen Mauer zu vermischen.

Quand le lilas fleurira mon amour
Quand notre espoir sera là chaque jour.

Das Lied wurde von einer sehr jungen und zögernden Stimme gesungen. Es dauerte lange. Es wurde zweimal wiederholt.
Nachdem es geendet hatte, war die Freude weniger heftig. Ein wenig Gelächter, und sie verlosch.
Schlief Herr Andesmas noch einmal ein, nach dem Lied?

Zweites Kapitel

Ja, fraglos schlief er ein. Der Schatten der Hecke bedeckte jetzt den Platz der künftigen Terrasse ganz und gar. Herr Andesmas fand sich in seinem Schutz, ohne sich im geringsten daran erinnern zu können, einen einzigen seiner Fortschritte bemerkt zu haben.

Ja, er war wohl wieder eingeschlafen, noch einmal wieder.

Von nun an sieht man nichts mehr von ihm, vom Dorfplatz aus. Der Schatten der Hecke ist dichter als der der Mauer, er ist sehr ausgedehnt, und er ist in seinem Zentrum. Ganz vergebens also hat er sich einen Augenblick zuvor dem Steilhang genähert. Nie wieder, von nun an, nie wieder.

Der Beweis dafür, daß er geschlafen hat, ist, daß es ihm gelingt, diesen Schlaf von dem andern zu unterscheiden, von dem, der ihm vorausgegangen ist, diese seine – herrlichen und quälenden – Träume aus den andern, lächerlichen, die ihnen vorausgegangen sind, zu entwirren, und schließlich sich zu erinnern, daß er die taumeligen Augen des Mädchens in gleißendem Sonnenlicht entdeckt hat, ebenso wie die Vorstellung, die er davon gehabt

hat, wie sie sich wohl die Hände an den schlammigen Böschungen des Teiches beschmutzt hat.
Ohne den geringsten Hauch breitete sich der Schatten unbemerkt immer weiter aus, während es ihn erstaunte, daß er sich noch einmal in den Schlaf hatte sinken lassen.
– Fraglos, sagte Herr Andesmas, werde ich mehrere Tage brauchen, um mich von den Beschwerden eines solchen Wartens zu erholen.
Diese, mit lauter Stimme in der Erhabenheit seiner Einsamkeit gesprochenen Sätze verschlimmerten Michel Arcs Fall im Hinblick auf ihn. So versuchte Herr Andesmas, um sich diese Prüfung zu erleichtern, sich etwas über die Dauer und die Folgen von Michel Arcs Verspätung vorzumachen.
So wartet er und tut so, als könne es ihm nicht gelingen, Michel Arcs Unschicklichkeit im Hinblick auf ihn zu begreifen.
Erneut spricht er, mit sanfter und höflicher Stimme, diese selbsttäuscherische Lüge aus.
– Ich verstehe es nicht. Es ist nicht recht von Herrn Arc, es ist nicht recht, einen alten Mann warten zu lassen, stundenlang, wie er es tut.
Er schweigt, ein wenig verwirrt. Er senkt die Augen, hebt sie dann langsam wieder und betrachtet dabei mit Bestürzung den Platz der künftigen Terrasse.

– Wie kann er sich so etwas erlauben?
Irgendwann einmal würde Valérie, in einem kostbaren, hellfarbenen Kleid, auf dieser Terrasse, zu dieser Stunde des Abends, nach diesem Weg spähen. Unter dieser Hecke, die die Wohltat ihres Schattens für alle Zeiten jedem erhalten würde, der, künftig, zu dieser Stunde, in genau dieser Jahreszeit da wäre, würde Valérie auf das Kommen von irgendjemandem warten. Hier, tatsächlich, müßte es sein, wo recht bald dieses Warten Valéries statthätte.
Herr Andesmas überlegt sich das in aller Ruhe. Er verweilt noch immer auf der Plattform, bis er nichts mehr von dem Dorf sieht.
Auf dem Platz, von dem er nichts mehr sieht, enden die Tänze.
Noch immer kommt niemand.
Aber Herr Andesmas, der vorgegeben hatte, es nur schwer aushalten zu können, auf solche Weise, so lange warten zu müssen, fügt sich zusehends besser in das Warten. Mit der Frische des endenden Nachmittags kehren seine Kräfte zurück. Und so sehr und so gut, daß er mit dem Fuß in den weißen Sand der Platte tritt, im Glauben, seiner Wut dadurch Ausdruck zu verleihen. Er lächelt darüber, daß er seine Schuhe beschmutzt, und über seine

von nun an lächerliche Kraft. Aber dadurch vergeht ihm die Zeit, wie eine beliebige andere, wie die, die während anderer Nachmittage vergeht, während er in seinem Park auf die Stunde des Abendessens wartet.

Wind kam auf. Die Hecke zitterte. Und in seinem Brausen ereignete sich die Ankunft einer Frau, die Herrn Andesmas entging.

Sie befand sich vor ihm und sprach zu ihm.

– Herr Andesmas, begann sie.

Wie lange schon sah sie, auch sie, ihm zu, wie er auf diese Weise mit seinen Füßen im Sand spielte? Gar nicht lange fraglos. So lange wie sie gebraucht hatte, um aus dem Weg herauszutreten und vor ihm anzukommen.

Herr Andesmas erhob sich nachlässig in seinem Stuhl und beugte sich vor.

– Herr Andesmas, ich bin Michel Arcs Frau, sagte sie.

Sie hatte ziemlich lange und glatte schwarze Haare, die ihr ein wenig über die Schultern fielen, helle Augen, die Herr Andesmas als die des Mädchens wiedererkannte, sehr große Augen, größer vielleicht als die des Mädchens. Auch sie trug Hanfschuhe und ein Sommerkleid. Sie erschien größer als sie sein konnte, ihrer Zierlichkeit wegen.

Sie blieb Herrn Andesmas gegenüber stehen.
– Dieser Bauunternehmer, auf den Sie warten, wiederholte sie noch einmal, ich bin seine Frau.
– Ich verstehe schon, sagte Herr Andesmas.
Sie setzte sich an den Rand der Plattform, sehr aufrecht, den Kopf zum Stuhl gewandt.
Sie schien von natürlicher Zurückhaltung, weder traurig noch niedergeschlagen, aber diese Steifheit ihres Körpers und diese – zur Vollkommenheit gebrachte – ausdruckslose Sammlung ihres auf den alten Mann gerichteten Blickes gingen aus einem Willen zur Beherrschung hervor, der einen anderen als Herrn Andesmas hätte täuschen können. Außer wenn diese Augen, die davon erschöpft waren, nichts zu sehen, sich einige Sekunden schlossen, hätte man sie für stumpfsinnig halten können. Aber wenn die Augen sich schlossen, wurde sie so verändert schön, wurde sie es so sehr – dann nämlich empfingen die Augen in der Nacht ihrer Wimpern Leben –, daß Herr Andesmas begriff, daß Michel Arcs Frau nicht die war, die vor ihm stehenblieb, daß sie eine andere sein mußte, und daß er fürchtete, sie niemals zu kennen.
Würde er jemals die kennen, die Michel Arcs Frau gewesen war?
– Sie gehen wenig aus, sagte sie, ich kannte sie nicht.

Sie wies auf den Hügel.
– Es ist hoch hier. Ich ruhe mich ein wenig aus.
Mit Mühe erhob sich Herr Andesmas aus seinem Stuhl und trat beiseite.
– Bitte schön, sagte er.
Die Frau betrachtete den leeren Stuhl, zögerte ein wenig, dann lehnte sie ab.
– Ich danke Ihnen, aber es geht sehr gut hier.
Herr Andesmas forderte sie nicht weiter auf. Er barg sich schwer in seinen Stuhl. Die Frau blieb, wo sie war, saß auf dem Rand der Plattform, den Kopf diesmal zum Abgrund gewandt. Sie befand sich außerhalb der Reichweite des Heckenschattens, noch in der Sonne, wie ihr Kind. Wie ihr Kind schwieg auch sie. Obgleich sie doch höchstwahrscheinlich gekommen war, um Herrn Andesmas eine Nachricht von ihrem Mann zu überbringen, sagte sie nichts. Aber schließlich, wie sollte man wissen, ob sie nicht bloß gekommen war, weil sie lieber dort, bei diesem alten Mann schweigen wollte als anderswo? Ob sie nicht diesen Ort, diesen Zeugen erwählt hatte?
Herr Andesmas suchte, in der Aufregung, soviel Stille brechen zu müssen, nach Worten. Seine Hände krampften sich um die Armlehnen und ließen deren Weidenruten sich in unaufhörlichem leisem

Knarren bewegen, das sie, immer noch zu dem Abgrund von Licht gewandt, nicht hörte.

Den Platz kann man nicht mehr sehen von dort aus, wohin sich Herr Andesmas für immer zurückgezogen hat. Abgesehen von einigen unbestimmbaren Lauten, die aus dem Dorf kommen, die aber aus jedem beliebigen anderen Dorf kommen könnten, ist das Tal jetzt ruhig.

Herr Andesmas löst sich, in einer höflichen Anstrengung, aus seinem Stuhl, und es gelingt ihm endlich, sich an die Frau zu wenden.

– Wird Herr Arc heute abend kommen?

Sie drehte sich augenblicks um. Er war überzeugt, daß sie es überflüssig gefunden hatte, den Grund ihres Kommens anzugeben.

– Ja, sicherlich, darum bin ich gekommen, sagte sie, um es Ihnen zu sagen. Ja, er wird heute abend kommen.

– Ach, Sie haben sich die Mühe gemacht, sagte Herr Andesmas.

– Aber nein, was denken Sie, sagte sie. Es ist nicht so weit. Und es war nötig.

Das Lied steigt wieder aus dem Abgrund von Licht auf.

Es ist immer noch ein Plattenspieler. Das Lied ist von wechselnder Deutlichkeit. Es sinkt ab und wirkt fern. Die Frau hört aufmerksam hin, ob es fern oder nah ist. Aber hört sie es?

Herr Andesmas bemerkt von ihr nichts als den dunklen und seidigen Fall ihrer über die Schultern hängenden Haare und ihre nackten Arme, die, von den verschlungenen Händen zusammengehalten, ihre Knie umschließen. Nein, sie schaut wohl nur, hört nicht. Herr Andesmas glaubt zu erraten, daß sie diese Seite des Dorfplatzes überwacht, die der Bäume und der Bänke, die, die er nach dem Aufbruch des Kindes zum Teich gesehen hat.

– Fangen sie wieder an zu tanzen? fragt er.

– Nein, nein, es ist aus, sagt sie.

Herr Andesmas beruhigte sich ein wenig. Ihre Stimme war gleichmäßig, flach gewesen, als sie ihm geantwortet hatte.

Ein Geschehen nahm seinen Lauf, er wußte es gut – das Herr Andesmas, sehr viel später, ihre Begegnung nannte. Dieses Geschehen senkte sehr mühevoll seine Wurzel in die ausgedörrte Dauer des Augenblicks, aber auch dies mußte dennoch sein, auch diese Zeit mußte vergehen.

Die Überraschung von Herrn Andesmas freilich verging nur mühsam, gewiß, aber sie verging dennoch, sie alterte dennoch. Herr Andesmas gab vor, es daran gemerkt zu haben, daß, nach und nach, das kurze Knarren seines Korbstuhls von immer längeren Pausen unterbrochen wurde, und daß er bald rings um seinen Körper nichts mehr hörte als dieses beruhigende, von seinen beschwerten Atemzügen rhythmisierte Knarren.

Aber dann ereignet sich etwas, das ihn zunächst verblüfft, dann erschreckt. Ein Hanfschuh fällt vom Fuß der Frau, von ihrem erhobenen Fuß. Dieser Fuß ist nackt, klein und weiß neben dem sonnengebräunten Bein. Da die Frau sich immer noch jenseits des majestätischen Schattens der Hekke aufhält, oder vielmehr dieser sie noch nicht erreicht hat, erscheint ihr Fuß noch entblößter als er es im Schatten wäre. Und noch augenfälliger ihr befremdendes Verhalten: sie verzieht keine Miene, bemerkt nicht, daß ihr Fuß seinen Hanfschuh verliert. Der Fuß bleibt nackt, vergessen.

Herr Andesmas verspürt nun, ganz anders als noch einen Augenblick zuvor, die dringende Notwendigkeit, etwas für diese Frau zu tun. Er erinnert sich. Ein Mädchen war vorübergegangen. Und konnte die Erinnerung an dieses Mädchen hier, zwischen ihnen, nicht von Nutzen sein, ihre Trennung überwinden? Wer wäre nicht einer Meinung über dieses Kind?

– War das kleine Mädchen schon ins Dorf zurückgekehrt, als Sie sich auf den Weg gemacht haben? fragt Herr Andesmas liebenswürdig.

Die Frau drehte sich kaum um. Ihre Stimme wäre nicht anders gewesen, wenn sie seit ihrer Ankunft gar nicht aufgehört hätte, sich zu unterhalten. Aber der Fuß blieb nackt, vergessen.

– Ja, sagte sie. Sie hat mir gesagt, daß sie Sie gesehen hatte. Gleich nach ihrem Eintreffen habe ich mich genötigt gesehen, heraufzukommen und Ihnen mitzuteilen, daß Michel Arc sich noch ein wenig mehr verspäten wird, als er dachte. Er hatte gesagt, daß es sich um eine halbe Stunde handeln würde. Eine Stunde war vergangen, als ich meinerseits losgegangen bin.

– Eine Stunde?

– Eine Stunde. Ja.

– Sie hatte von keiner bestimmten Zeit gesprochen, sondern von einer Verspätung ohne weitere Angaben.

– Ich dachte es mir, sagte sie. Sie wird es vergessen haben. Auch Sie, offensichtlich.

Das Meer wurde zu einer großen metallischen, vollkommen glatten Fläche. Es war unnütz, sich zu verbergen, daß gemächlichere, ausgebreitetere Stunden den anderen, festumrissenen, den ersten des Nachmittags Platz machten.

– Wissen Sie, ich habe viel Zeit, sagte Herr Andesmas.

– Die Kleine hat es ihrem Vater gesagt. Sogar daß Sie warten würden, solange es noch hell wäre.

– Das stimmt.

Furchtsam, immer in demselben Bestreben, sie womöglich schmerzhaft aus ihrer Berückung aufzustören, fügte er hinzu:

– Dieses Kind hatte das hier auf dem Wege gefunden. Dann hat sie es vergessen. Ich kann es Ihnen geben. Ich möchte es Ihnen sofort geben, nachher werde ich Angst haben, nicht mehr daran zu denken. Hier.

Das von dem Kind verlorene Hundertfrancstück ist im Sand verscharrt. Er holt ein anderes aus seiner Westentasche und streckt es ins Leere. Die Frau sieht sich nicht einmal um, die Augen immer noch an den Abgrund geschweißt.

– Das ist gleichgültig, sagte sie.

Sie fügte hinzu:

– Da sie mir nichts davon gesagt hat, wird sie es schon vergessen haben. Sie ist noch sehr kindlich, mehr als sie dürfte. Aber das ist gar nicht schlimm, eines Tages wird es aufhören.

Herr Andesmas steckte das neue Hundertfrancstück wieder in seine Tasche. Seine Leibesfülle rührte sich in dem Stuhl, schrumpfte in ihm zusammen. Von neuem knarrte der Stuhl.

Die Frau veränderte ihre Haltung. Sie löste ihre Arme, die ihre Knie hielten; ohne hinzusehen suchte sie mit ihrem Fuß ihren Hanfschuh und zog ihn an.

– Gewiß, sagte Herr Andesmas, es ist gar nicht schlimm, gar nicht.

Sie antwortete nicht.

Herr Andesmas sagte, daß er in diesem Augenblick Angst gehabt habe, sie könne sich erheben und ins Dorf zurückkehren, aber wenn sie es getan hätte, würde er sie gebeten haben zu bleiben. Obgleich er sehr wohl wußte, daß sie niemals seine unstillbare Neugier nach ihr würde befriedigen können, verlangte er danach, daß sie an diesem Nachmittag bei ihm sei. Bei ihm, selbst in unendlichem Schweigen, bei ihm sollte sie an diesem Nachmittag sein.

Wenn er sie in der Folgezeit wiedersah, während der Jahre, die sich zwischen diesen Augenblicken und seinem Tode dehnten, geschah es aus Zufall, wenn er im Auto durch die Dorfstraßen fuhr. Niemals erkannte sie ihn wieder oder erlaubte sich, ihn wiederzuerkennen.

Statt zu gehen, bleibt sie, vielmehr, da und spricht immer mit dieser gleichmäßigen Stimme, und ihre Worte sind von einem langen inneren Gespräch hervorgebracht, sie läßt sie manchmal entschlüpfen, und wer sie wirklich hören will, hört sie.
– Die Musik hat schon lange nicht mehr eingesetzt, sagt sie; also müßte der Tanz ganz und gar zu Ende sein, selbst in den Straßen, die an den Platz grenzen, auf denen manchmal der Hitze wegen getanzt wird. Sie müssen schon aufgebrochen sein, aber sich Zeit lassen, in aller Ruhe heraufsteigen. Man muß warten, noch immer.
– Oh, ich habe Zeit, wiederholt Herr Andesmas.
– Ich weiß, sagt sie. Jedermann weiß es.
Die Unmittelbarkeit, mit der Herr Andesmas sie beruhigt hatte, auch die Sanftheit seiner Stimme bewirkten, daß die Härte der Entscheidung durch sie gemildert wurde. Der Anblick, den sie diesem so bemerkenswert nachgiebigen alten Manne bot, würde für immer vergessen bleiben.
Ihre Stimme wurde ein wenig kraftlos. Sie wiederholte, was ihr Kind einen Augenblick zuvor gesagt hatte. Sie, sie aber wandte sich an den leeren Abgrund.
– Ich werde ein bißchen warten; wenn er kommt, werde ich mit ihm hinuntergehen.

Sie versenkt den Kopf zwischen ihren Armen, und ihre Haare bedecken eine Weile ihr Gesicht.
– Ich bin ein bißchen müde.
Nicht allein die Ähnlichkeit ihrer Ausdrücke, sondern auch ihr kindlicher Ton hätten den, der sie wie Herr Andesmas nacheinander sah, erraten lassen können, daß sie die Mutter dieses Mädchens ohne Erinnerung an seine Nöte war.
– Warum wollen Sie nicht warten, nicht sich noch ein wenig ausruhen, sagte Herr Andesmas, bevor sie wieder hinuntergehen.
– Ich habe fünf Kinder, sagte sie. Fünf. Und ich bin noch jung, wie Sie sehen können.
Sie öffnete, weit, ihre Arme, in einer Gebärde des Umarmens. Dann fielen ihre Arme herab, und sie nahm wieder ihre verächtliche, steife Haltung in der Sonne der Plattform an.
– Ach, ich verstehe, ich verstehe, sagte Herr Andesmas.
Vielleicht hätte die Unterhaltung so fortgehen können, angefangen mit den Kindern, diesem Bild ihres Lebens als Hausfrau; vielleicht hätte sie diesen Weg nehmen können, trügerisch, neben der gegenwärtigen Stunde her.
– Das kleine Mädchen ist die Älteste?
– Ja.

Herr Andesmas verfiel wieder in seinen Plauderton.
– Kurz vor ihr, sagen wir gute zwanzig Minuten vor ihr, ist ein Hund vorbeigekommen. Ein Hund, wie soll ich es Ihnen erklären? fuchsfarben, glaube ich, ja, fuchsig rotgelb. Gehört dieser Hund vielleicht Ihren Kindern?
– Warum fragen Sie mich danach? fragte sie.
– Nur so, sagte Herr Andesmas kläglich. Ich bin seit zwei Stunden hier, und ich habe nichts als diesen Hund und dieses Kind gesehen. Da habe ich mir gesagt, vielleicht ...
– Suchen Sie doch nicht so angestrengt nach Gesprächsstoff, sagte sie. Dieser Hund gehört niemandem. Er läuft den Kindern nach. Er ist zutraulich. Er gehört niemandem im Dorf, oder dem ersten besten.
Der Schatten der Hecke kam auf sie zu. Und wie sie beide so schwiegen und sie bei ihrer strengen und hingegebenen Musterung des Dorfplatzes blieb, sah er, Herr Andesmas, mit zunehmender Klarheit, daß dieser Schatten der Hecke sich ihr näherte.
Wird sie, plötzlich von der Kühle dieses Schattens überrascht, in der Erkenntnis, daß es später ist als sie dachte, gehen?

Sie erkennt es.
Sie sieht wirklich eine Veränderung, die um sie herum vor sich geht. Sie dreht sich um, sucht danach, woher diese Kühle, dieser Schatten kommt, betrachtet die Hecke, dann die Berge, und dann schließlich, lange, Herrn Andesmas, um von ihm eine letzte Gewißheit zu erflehen, auf die sie noch zu warten scheint, die endgültige, nach der sie zu verlangen glaubt.
– Ach, es ist wirklich schon spät, seufzt sie. Wie ist es nur möglich, daß es schon so spät sein soll, bei der Sonne.
– Und selbst, wenn Herr Arc heute abend nicht kommt, sagt Herr Andesmas vergnügt, würde ich zum Beispiel morgen oder Ende der Woche wiederkommen, was ist schon dabei?
– Warum? Nein, nein, er wird kommen, Sie können sich darauf verlassen. Gewundert habe ich mich nur über die Leichtigkeit, mit der die Zeit vergeht. Aber ich weiß, daß er kommen wird.
Sie wandte sich wieder zum Tal, dann erneut zu Herrn Andesmas.
– Besonders im Sommer, besonders im Juni, fügte sie hinzu.
Herr Andesmas hatte es bemerkt.

– Übrigens, hat Valérie Ihnen nicht versprochen, daß er kommen würde?
Herr Andesmas antwortete nicht sogleich. Es war sein Leben lang immer leicht gewesen, ihn zu überrumpeln. Und die Langsamkeit seiner Bewegungen und seiner Sprache, die mit seinem Alter zugenommen hatte, ließ die Frau sich täuschen.
– Ich habe Sie gefragt, Herr Andesmas, wiederholte sie, ob Valérie Ihnen nicht versprochen hatte, daß mein Mann heute abend kommen würde?
– Valérie hat mich hierher gebracht, sagte Herr Andesmas schließlich. Es war tatsächlich sie, die die Verabredung mit Herrn Arc getroffen hat. Gestern, glaube ich. Es ist immer sie, seit einem Jahr, die meine Verabredungen trifft.
Die Frau erhebt sich, nähert sich Herrn Andesmas, läßt die Musterung des Tales, setzt sich hin, fast zu Füßen des alten Mannes.
– Sie sehen also, sagte sie, daß wir noch warten müssen.
Herr Andesmas fühlte sich dieser Frau gegenüber beschämt. Sie rückte noch ein Stück vor, trieb sitzend, ein Krüppel, zu ihm, und ihre Stimme war so laut, als hätte sie sich an einen Tauben gewendet.
– Und Sie haben Vertrauen zu Valérie?

– Ja, betonte Herr Andesmas.
– Wenn sie Ihnen gesagt hat, daß er ihr versprochen hatte zu kommen, dann ist es nur eine Frage der Geduld, glauben Sie mir. Ich kenne ihn, so wie Sie irgend Valérie kennen. Er wird Wort halten.
Ihre Stimme wurde auf einmal weiblich, sie stieg empor aus einem Brunnen voller Süße.
– Sehen Sie, wenn er den Leuten Ärger macht, tut er es, weil er nicht anders handeln kann. Es übersteigt einfach seine Kräfte, anders zu handeln. Nur so hat er Ihnen Unrecht tun können. So ist er nun einmal, ohne den geringsten bösen Willen, aber es geschieht ihm, daß er nicht anders kann, als anscheinend welchen zu haben.
– Ich verstehe, betonte Herr Andesmas.
– Ich weiß, daß Sie verstehen. Ist Valérie nicht genauso?
Sie rollte sich ganz in sich zusammen. Ihre Zierlichkeit bedeckte sich wieder mit ihren Haaren und ihren Armen. Sie sagte schmerzvoll:
– Wer würde, in diesem Fall, nicht ebenso handeln? Wer? weder Sie früher noch ich heute.
Herr Andesmas berichtete in der Folgezeit, daß er versucht war – aber kannte er seine Vergangenheit genau, dieser alte Mann? – grausam zu dieser Frau zu sein, um sich gegen die Grausamkeit zu

schützen, die sie ihm gegenüber, das wußte er, an den Tag legen würde. Aber war das wirklich der eigentliche und wahre Grund? Ist es nicht vielmehr, weil diese Frau, die eben noch so wild entschlossen war, sich nichts von ihren Gefühlen anmerken zu lassen, ihm jetzt zu Füßen liegt in einer Beschwernis, in einer so vollkommenen Selbstaufgabe? in einer Ergebung in ihre Gefühle, die miteins so mächtig geworden sind, daß sie sie dort hinstrecken, vor ihm, sie, die Frau Michel Arcs?
In lang verflossenen Zeiten, als es ihm seine Kräfte erlaubt hätten, sie auf solche Weise zu erniedrigen, hätte er es getan, erinnert sich der alte Mann.
Er war grausam. Er war es, Herr Andesmas, der von Valérie zu sprechen begann.
– Sie kennen meine Tochter Valérie? fragt er sie.
– Ich kenne sie, sagt sie.
Sie richtete sich auf, schwang sich ruhig über ihr Schweigen hinaus. Sie sprach von Valérie, wie sie einen Augenblick zuvor von Michel Arc gesprochen hatte. Die Grausamkeit von Herrn Andesmas erreichte sie nicht.
– Ich kenne sie seit einem Jahr, verdeutlichte sie. Sie sind vor einem Jahr hierher gekommen, nicht wahr, fast auf den Tag? Es war ein Montag. Ich

habe Valérie Andesmas, Ihr Kind, zum ersten Mal am Tage Ihrer Ankunft gesehen.
Sie lächelte beim Gedenken an diesen Nachmittag aus der Tiefe des Brunnens voll Süße heraus.
Herr Andesmas lächelte gleichfalls diesem Nachmittag zu.
Sie finden sich beide, gemeinsam, in diesem Gedenken an Valérie, wie sie ein Jahr zuvor gewesen war, ein Kind.
Sie schweigen, lächelnd.
Dann fragt Herr Andesmas sie:
– Ihr Mädchen ist wohl, jetzt, ebenso alt wie Valérie im vergangenen Jahr?
Sie verschließt sich höflich diesem Gespräch.
– Wir wollen nicht von meinem Mädchen sprechen. Es wird noch lange dauern, bis sie erwachsen ist, lange.
Von neuem befindet sie sich in diesem Juni des vergangenen Jahres, in den das Kind Valérie eindrang.
– Es hieß, Sie seien schon viel früher, Jahre früher, in diese Gegend gekommen. Es hieß, Sie hätten sich von Ihren Geschäften zurückgezogen.
– Oh! das war schon ziemlich lange vorher, sagte Herr Andesmas, aber sie wollte in der Nähe des Meers wohnen.

– Zuerst haben Sie dieses große Haus hinter dem Rathaus gekauft, dann Grundbesitz. Und dann haben Sie dieses Haus hier gekauft. Und dann wieder Grundbesitz. Es hieß, es sei Valéries Mutter gewesen, mit der Sie schon viel früher in diese Gegend gekommen seien.

Herr Andesmas senkt den Kopf in plötzlicher Demütigung. Bemerkt es die Frau?

– Ich irre mich nicht?

– Nein nein, Sie irren sich nicht, sagt Herr Andesmas schwach.

– Sie sind sehr reich. Das hat man schnell gewußt. Und die Leute kamen zu Ihnen, um Ihnen Grundbesitz zu verkaufen. Sie kaufen ihn, heißt es, unbesorgt. Sie sind so reich, daß Sie ihn kaufen, ohne ihn anzusehen.

– Reich, wiederholte Herr Andesmas murmelnd.

– Man kann es verstehen und billigen, wissen Sie.

Er drückt sich ein wenig mehr in seinen Stuhl und brummelt. Aber die Frau fährt, unbeirrbar, fort.

– Den Teich werden Sie also auch kaufen?

– Den Teich auch, murmelte Herr Andesmas.

– Dann wird Valérie also über ein großes Vermögen verfügen?

Herr Andesmas resigniert.

– Aber warum von meinem Reichtum sprechen, seufzt er.
– Ich spreche von Valérie, sagt sie lächelnd, Sie irren sich. Warum kaufen Sie so vollkommen gleichgültig so viel Grundbesitz, so viel, so viel?
– Valérie will das ganze Dorf.
– Seit langem?
– Ein paar Monate.
– Es wird ihr nicht gelingen.
– Es wird ihr nicht gelingen, wiederholt Herr Andesmas. Aber sie will es.
Die Frau nahm ihre Knie wieder zwischen die Arme und entzückte sich an dem Aussprechen des Namens.
– Ach, Valérie, Valérie.
Sie seufzt vor Behagen, lange.
– Ach, ich erinnere mich, als wäre es gestern gewesen, fährt Michel Arcs Frau fort. Die Möbelwagen haben die ganze Nacht auf dem Platz gestanden. Sie waren vor Ihnen angekommen. Noch niemand hatte Sie gesehen. Und am nächsten Tage, als ich an meinem Fenster stand, wie ich es häufig tue, und auf den Platz schaute, es war fast Mittag, da habe ich Valérie gesehen.
Sie steht miteins auf, und so bleibt sie, aufrecht, ganz nahe bei Herrn Andesmas.

– Es war kurz vor Schulschluß. Ich erinnere mich. Ich erwartete meine Kinder. Valérie ist auf den Platz gelaufen. Ich habe sie bestimmt als erste gesehen. Wie alt war Valérie denn damals?
– Fast siebzehn.
– Das dachte ich mir, ja. Ich hatte Angst, es vergessen zu haben. Sie ist also über den Platz gelaufen, wie ich Ihnen sagte. Zwei Männer – sie haben sie nach mir gesehen – sind stehengeblieben, um sie vorübergehen zu sehen. Sie ging vorüber, der Platz ist groß, sie ging vorüber, überquerte ihn, überquerte ihn. Eine Ewigkeit ist Ihr Kind vorübergegangen, Herr Andesmas.
Herr Andesmas hob den Kopf und beobachtete zur selben Zeit wie die Frau dieses Vorübergehen Valéries ein Jahr zuvor, als sie noch nichts von der Herrlichkeit ihres Ganges, im Licht des Dorfplatzes, wußte.
– Gleichgültig gegen die Blicke? fragte Herr Andesmas.
– Ach, wenn Sie wüßten!
Das Lied brach in dem Abgrund von Licht aus.
Während man hätte glauben können, daß sie nicht mehr tanzten, tanzten sie immer noch.
Aber weder Michel Arcs Frau noch Herr Andesmas achteten darauf.

– Gleichgültig gegen die Blicke, wie wir sagten, nahm die Frau ihre Rede auf. Wir blickten ihr nach, die beiden Männer und ich. Sie hat den Vorhang des Kolonialwarenladens beiseite geschoben. Wir haben sie nicht gesehen, solange sie drinnen war, und trotzdem hat sich keiner von uns dreien gerührt.

Der Schatten der Hecke erreicht jetzt den Abgrund. Er beginnt, in ihm zu versinken.

– Im Kolonialwarenladen, wiederholte Herr Andesmas.

Er brach in Lachen aus.

– Ach, ich weiß!

– Durch die Möbelwagen, die die ganze Nacht auf dem Platz gestanden haben, wußte ich, daß die Leute, die dieses große Haus hinter dem Rathaus gekauft hatten, von einem Tag zum andern ankommen würden. Man hatte schon den Namen Andesmas genannt. Sie hatten dieses Haus ein paar Monate vorher gekauft. Man wußte, daß Sie beide allein waren, ein Kind und ein schon betagter Vater, hieß es.

– Wirklich so betagt, hieß es?

– Ja, in der Gemeinde erzählte man, daß Sie dieses Kind sehr spät bekommen hätten, aus einer letzten

Ehe. Aber sehen Sie, als ich Valérie so groß, so blond sah, wie sie einmal ist, habe ich nicht gleich die Verbindung zwischen Ihrer Ankunft und ihrer Existenz hergestellt. So viel Blond, habe ich mir gesagt, wie schön muß sie sein.

– Ach, stöhnte Herr Andesmas, ich weiß, ich weiß.

– Wie schön muß sie sein, sagte ich mir, aber ist sie es so sehr, wie man sich nach ihrem Vorübergehen, nach diesem Gang, nach diesen Haaren vorstellen kann?

Sie nimmt sich Zeit, kümmert sich nicht um das Warten des alten Mannes. Dann hebt sie wieder an, mit ihrer nunmehr hellen, lauten, fast deklamierenden Stimme.

– Der Vorhang hat sich über ihren Haaren geschlossen. Und ich habe mich gefragt, wer sie in den Ort gebracht hatte, wer sie über kurz oder lang treffen würde. Auch die beiden Männer schienen erstaunt, und wir befragten uns mit Blicken. Woher kam sie? Wir fragten uns immer noch, welcher Mann dieses Blond besaß, und nur dieses Blond, weil wir das Gesicht noch nicht gesehen hatten. So viel unnützes Blond, das konnte man sich nicht vorstellen. Also? Es dauerte ein wenig, bis sie herauskam.

Sie nähert sich, setzt sich ganz nahe zu dem alten

Mann, und diesmal blicken sie einander an, eindringlich, während sie spricht.

– Und dann, sagte sie, ist sie endlich wieder zum Vorschein gekommen. Die Vorhänge wurden beiseite geschoben. Wir haben sie gesehen, während sie den ganzen Platz wieder überquerte. Gemächlich. Sie nahm sich Zeit. Sie nahm, ohne es zu wissen, die Zeit der anderen, als gebühre sie ihr von jeher.

– Ohne es zu wissen, wiederholte Herr Andesmas.

Sie waren noch einmal mehr in diesen Augenblick gebannt, in dem sie vollkommen, allen Blicken sichtbar, für immer, die Schönheit der Valérie Andesmas gesehen hatte.

Sie schwieg. Herr Andesmas hatte sich wieder in seinen Stuhl versenkt. Wieder wurde ihm an dem Knarren des Korbstuhls unter seinen Händen bewußt, daß er zitterte.

– Frau Arc, fragte er, wenn dieses Haus so oft zum Verkauf steht, wie man mir gesagt hat, dann hat das doch einen Grund?

Sie lächelte, schüttelte den Kopf.

– Sie sagen, was Ihnen gerade einfällt, sagte sie.

Sie fügt, plötzlich, ernst hinzu:

– Aber es wird wohl einen Grund geben, zweifellos, ja.

Der Wald überzieht sich mit Sonne. Alle seine Schatten senken sich in den Abgrund von Licht, zu lang nun, als daß der Hügel sie aufnehmen könnte.

– Ich habe keinen der Besitzer dieses Hauses gekannt, sagte sie, aber es stimmt, daß es regelmäßig von einer Hand in die andere wandert. Es gibt eben solche Häuser, man kennt das schon.

Sie erkundet sehr schnell seine Umgebung und betrachtet von neuem den Abgrund von Licht.

– Die Abgelegenheit, zweifellos, auf die Dauer, sagt sie.

– Auf die Dauer, das mag sein.

– Denn, fährt sie fort, in der ersten Zeit könnten die Ehepaare, zum Beispiel, Gefallen daran finden?

– Ah, zweifellos, zweifellos, murmelt Herr Andesmas.

– Und dann dieses grelle Licht, im Sommer.

– Jetzt schon nicht mehr, sagt er. Sehen Sie nur.

Jetzt schon nicht mehr. Von den Wäldern und Feldern steigt Dunst auf, immer dichter. Das Meer ist zartgetönt vielfarben.

– Michel Arc hatte auch vor, es zu kaufen, müssen Sie wissen, als wir jungverheiratet waren, fährt sie fort. Aber es war von Ihren Vorgängern belegt.

Später hat Michel Arc nie mehr davon gesprochen. Ich habe es nur einmal gesehen, vor drei Jahren, als ich mit meinen Kindern zum Teich wanderte. Im Sommer.

– Niemand hatte bisher an eine Terrasse gedacht? Es wäre das erste Mal?

– Aber ganz gewiß doch, Michel Arc hatte daran gedacht.

– Er allein?

– Die andern? Wie soll man das wissen? Selbst wenn man glauben könnte, daß der Gedanke daran sich aufdrängt, sobald man diese Plattform sieht, warum hat ihn dann vor Ihnen niemand gehabt? Wenn Sie es wissen, sagen Sie es mir, Herr Andesmas.

– Geld?

– Nein.

– Zeit?

– Hm. Vielleicht, Herr Andesmas, Zeit sie anzulegen, bevor man dieses Haus wieder verließe wegen dieser auf die Dauer unerträglichen Abgelegenheit, von der wir sprachen. Glauben Sie nicht?

Herr Andesmas antwortet nicht.

Sie dreht sich um.

Eine kurze Weile lang sieht sie endlich diese abschreckend unabänderliche Gestalt. Er fühlt nicht einmal mehr die Versuchung, sich auszudrücken. Und dann empfindet sie zweifellos eine gewisse Anteilnahme für so viel vergangenes Dasein. Herr Andesmas begreift es bei diesem halbgeschlossenen Blick, der auf ihm verweilt. Später sagte er, er habe darin die größte Tugend dieser Frau erkannt, die Tugend, die sie in einem solchen Augenblick, selbst für die Dauer von wenigen Sekunden, dazu vermocht hatte, von sich selbst abzusehen zugunsten seines ungeheuren erloschenen und vereisten Lebens.

– Ihre Mutter hatte Sie verlassen, sagt sie sehr zart, und sie hat danach von mehreren Männern andere Kinder gehabt? es hat einen Prozeß gegeben?

Herr Andesmas schüttelt den Kopf.

– Einen sehr langen, sehr kostspieligen Prozeß? fährt sie fort.

– Sehen Sie, ich habe ihn gewonnen, sagt Herr Andesmas.

Sie erhebt sich wiederum vorsichtig, rückt ihm wiederum noch näher. Sie greift nach der Stuhllehne, und so verweilt sie, gebeugt, in seinem Anblick.

Sie befinden sich ganz nahe beieinander: wenn sie fiele, würde sein Gesicht das Ihre auffangen.

– Sie setzten zweifellos große Erwartungen in sie?

Er fängt den Geruch eines Sommerkleides und wirrer Frauenhaare auf. Niemand nähert sich von nun an Herrn Andesmas in solchem Grade, ausgenommen Valérie. Geht die Bedeutung dieser Annäherung der Frau Michel Arcs hinaus über das, was sie sagt?

– Ich hatte noch keine Vorstellung davon, sagt er ganz leise, noch nicht. Sie verstehen das. Überhaupt keine Vorstellung. Deshalb mag ich Ihnen vielleicht ratlos erscheinen.

Er fügt noch leiser hinzu:

– Ich weiß nichts mehr von dem, was ich wußte, bevor ich dieses Kind besaß. Und, sehen Sie, seit ich es besitze, habe ich keine Vorstellung von irgendetwas mehr, ach, ich weiß nichts mehr als meine Unwissenheit.

Er lacht, versucht es wenigstens, wie von nun an immer, vergeblich.

– Glauben Sie mir, ich bin ganz hilflos angesichts einer solchen Möglichkeit des Lebens. Die Liebe zu diesem Kind, die meine Tage, mein Alter überleben wird, ach!

Die Frau richtet sich auf. Ihre Hand läßt den Stuhl los. Ihre Stimme wird, kaum merkbar, kürzer.

– Ich hatte das Bedürfnis, sagt sie, mit irgendjemandem von Valérie Andesmas zu sprechen. Ich

bin sicher, daß Sie diese Unannehmlichkeit ertragen können.
– Ich weiß es nicht, beklagt sich Herr Andesmas, ich weiß nicht, ob ich das kann.
– Es ist besser so. Niemand hat mit Ihnen über sie gesprochen, und jetzt ist sie erwachsen, es ist besser so.

Der Schatten hatte jetzt die ganze Plattform überzogen. Es war jetzt schon der Schatten des Hügels. Der Schatten der Hecke und der des Hauses, sie beide waren ganz und gar in den Abgrund gekippt.
Das Tal, das Dorf, das Meer, die Felder liegen noch im Licht.
Vogelschwärme entschwingen sich, immer zahlreicher, dem Hügel und kreisen, im Taumel, in der Sonne des leeren Raums.
Der Schatten erreicht schneller dieses Haus als die Häuser im Dorf. Noch niemand hat daran gedacht, weder Herr Andesmas noch Valérie. Die Frau aber bemerkt es.
– Valérie wird hier eine Stunde Licht über dem Dorf verlieren, sagt sie.
– Herr Arc hatte es mir nicht gesagt, sehen Sie.
– Wußte er es? Selbst als es darum ging, das Haus

für uns beide zu kaufen, vor zehn Jahren – fügt sie hinzu – hatte er es nicht bemerkt.

– Was schmerzt, ist, die Sonne so aus der Nähe zu sehen, dort.

– Man muß hier sein wie wir, um es zu bemerken. Wer würde sonst daran denken, im voraus?

Sie macht ein paar Schritte auf dem Weg, kehrt zurück, dann setzt sie sich gleichsam unlustig diesmal ein paar Meter entfernt von dem alten Manne hin.

– Valérie hat mir viel Schmerz zugefügt, sagt sie.

Sie hat im selben Ton von den Unannehmlichkeiten des Hauses gesprochen, auf eine Art, daß man glauben kann, die ganze Welt leide in ihren Augen an einer ansteckenden Unordnung, aber einzig daran.

Die Süßigkeit des jüngst Vergangenen, das in wirrem Durcheinander das Vorübergehen der Valérie Andesmas auf dem Dorfplatz und was darauf folgte enthält, und auch ihr Leiden entsprechen Erscheinungsformen dieser Unordnung.

Von neuem begibt sie sich auf den Weg, mit diesem Gang, der genau dem ihrer kleinen Tochter einen Augenblick zuvor gleicht, leicht, ein wenig verquer, nur die Beine bewegen sich unter dem aufrechten Körper, mühelos. Und ein weiteres Mal kann Herr Andesmas, selbst in der tiefsten Tiefe seines Alters, die betäubten, absterbenden, aber erkennbaren Gründe wahrnehmen, die es gäbe, sie zu lieben. Es ist eine Frau, die gar nicht anders kann, als ihrem ganzen Körper ihre vergänglichen oder beständigen Launen einzuverleiben. Ob sie nun hingebend, sanft, grausam sind, das Verhalten ihres Körpers wird es alsbald ebenfalls, nach ihrem Bilde.

Als sie den Weg wieder verläßt, ist ihr Gang träumerisch und vorsichtig, über die Maßen kindlich – zum Verwechseln – und man kann voraussetzen, daß sie während des Augenblicks, den sie sich allein auf dem Weg befand, versucht war, auszubrechen aus dem lautlosen Schiffbruch, der ihr Leben ist. Wie ihr Kind versucht gewesen wäre.

Da, als sie noch nicht zurückgekehrt war, begriff Herr Andesmas, daß er verlangt hätte, sie wiederzusehen, wieder und immer wieder, bis zum Abend, bis zur Nacht, und er begann die Ankunft Michel Arcs zu fürchten, der ihn darum bringen würde, sie zu sehen.

Er lächelt ihr zu.

Aber sie geht vor ihm vorüber, ohne ihn anzusehen. Gleichzeitig mit ihr geht ein Wind über die

Plattform. Sie zieht den Wind nach sich. Sie spricht von ihm.

– Der Wind kommt. Es ist wohl noch später, als ich dachte. Wir haben geschwatzt.

– Sechs Uhr zehn, sagt Herr Andesmas.

Sie setzt sich auf dieselbe Stelle, die sie eben verlassen hat. Immer noch weit weg von ihm.

Wird sie es nun bemerken? Oder hatte sie es schon bemerkt?

– Valéries Auto steht nicht mehr auf dem Platz, gibt sie kund.

– Ah, sehen Sie, ruft Herr Andesmas aus.

Das Lied erklang ein weiteres Mal, durch die Entfernung verstümmelt. Der Plattenspieler wurde schneller abgestellt als das vorige Mal.

– Jetzt glaube ich, daß sie nicht mehr lange auf sich warten lassen werden, sagte sie. Sie sind beide sehr zuverlässig und zuvorkommend.

– Ach, und wie sie es sind, murmelte Herr Andesmas.

Sie erhebt sich wieder, geht wieder auf den Weg zu, kommt wieder von ihm zurück, immer noch in den Fängen dieses Treibens, dem leidenschaftlichen Horchen auf die Geräusche des Waldes, in die Richtung des Weges. Sie kommt zurück, bleibt stehen, mit halbgeschlossenen Augen.

– Man hört das Auto noch nicht herauf kommen, sagt sie.
Sie horcht immer noch:
– Aber der Weg ist schwierig, länger als man denkt.
Sie wirft einen abwesenden Blick auf die unbewegliche, in seinem Stuhl eingeschlossene Masse von Herrn Andesmas.
– Nur zu Ihnen kann ich von ihr sprechen, verstehen Sie das?
Sie geht los, kehrt zurück, geht wieder los.
Macht sie sich klar, daß Herr Andesmas sie nicht aus den Augen läßt? Zweifellos nicht, aber selbst wenn sie es wüßte, würde dieser Blick sie nicht ablenken von ihrem Horchen in den Wald, in das Tal, in die ganze Gegend, von ihren fernsten Horizonten bis zu dieser Plattform. Die vollkommene Unmöglichkeit, in der er sich befindet, herauszufinden, was er tun oder sagen müßte, um auch nur für eine einzige Sekunde die Grausamkeit dieses wahnwitzigen Horchens zu mildern, selbst diese Unmöglichkeit kettet ihn an sie.
Er horcht wie sie, und für sie, auf jedes Zeichen einer Annäherung an die Plattform. Er hört alles, die Bewegung der nächsten Zweige, ihr Aneinanderstreifen, ihr Durcheinanderwehen, bisweilen,

wenn der Wind zunimmt, das stumme Drehen der Stämme der großen Bäume, das Aufspringen der Stille, das den ganzen Wald lähmt, und das plötzliche und ununterbrochene Aufleben seines Rauschens im Wind, die Laute der Hunde und des Geflügels in der Ferne, das Lachen und die Worte, die aus dieser Entfernung alle zu einem einzigen Gespräch vermengt sind, und die Lieder, und die Lieder.

Quand les lilas
... mon amour
Quand notre espoir ...

In einer einzigen gemeinsamen Haltung horchen sie beide. Sie hören auch die erdrosselte Süßigkeit dieses Liedes.

Der Wind zerzauste sie jedesmal, wenn sie von dem Weg zurückkehrte. Er blies häufiger und ein wenig stärker. Unermüdlich strich sie, wenn sie zu Herrn Andesmas zurückkehrte, ihre Haare, mit der Hand, nach hinten und hielt sie ein paar Sekunden so, und ihr entblößtes Gesicht wurde zu dem längst verflossener Sommer, in denen sie neben Michel Arc herschwomm und wohl sagen hörte, daß sie schön sei, so, für ihn, Michel Arc.

Einmal ist der Wind stark genug, um die ganze Masse ihrer Haare über ihr Gesicht zu streichen, und sie, überdrüssig, noch ein weiteres Mal diese mechanische Bewegung machen zu müssen, sie nach hinten zu streichen, macht sie nicht. Sie hat kein Gesicht mehr, und keinen Blick. Statt auf die Plattform zuzugehen, bleibt sie stehen, auf dem Weg, in der Erwartung, daß der Windstoß ende, der sie zerzaust hat.
Der Windstoß endet, und sie macht von neuem diese vernünftige Bewegung. Ihr Gesicht kommt wieder zum Vorschein.
– So viel Blond, so viel, so viel nutzloses Blond, habe ich gedacht, so viel törichtes Blond, wozu soll das gut sein? Wenn nicht für einen Mann, der darin ertrinken wird? Ich habe nicht sofort herausgefunden, wer unsinnig danach verlangen würde, in diesem Blond zu ertrinken. Ich habe ein Jahr dazu gebraucht. Ein Jahr. Ein verdrehtes Jahr.

Der Schatten beginnt die Felder zu erreichen, er nähert sich dem Dorf. Zahlreichere, dichtere Geräusche steigen aus dem Tal auf.
Der Weg bleibt leer.
– Die Leute sind auf der Straße, sagte sie.
– Sie waren gerade dabei, Frau Arc, sagte Herr

Andesmas überstürzt, Sie waren gerade dabei, mir zu sagen, daß die Vorhänge des Kolonialwarenladens auseinandergeschoben wurden.

– Und das Auto ist nicht mehr da, nahm sie den Faden wieder auf. Und es wird nicht mehr getanzt. Und es ist schon zu kühl, um an den Strand zu gehen.

Sie geht auf den alten Mann zu, sachte. Und sachte spricht sie.

– Die Vorhänge wurden auseinandergeschoben. Ich habe Zeit, ich habe alle Zeit der Welt, um es Ihnen zu erzählen. Ja. Die Vorhänge wurden auseinandergeschoben. Und sie hat den ganzen Platz überquert, in aller Gleichgültigkeit. Ich habe es Ihnen schon gesagt. Ich könnte es Ihnen immer wieder sagen. Sie ist zum Vorschein gekommen. Der Perlenvorhang hat sie bedeckt, sie hat sich von ihm befreit. Und das Niederfallen des Perlenvorhanges nach ihrem Gehen, das ich hundertmal gehört habe, an diesem Tage habe ich es auf eine fast betäubende Weise gehört. Ich könnte Ihnen auch sagen, wie sie, mit der Bewegung einer Schwimmerin, diesen Vorhang, an den sie noch nicht gewöhnt war, auseinandergeschoben hat, und wie sie gelächelt hat, als sie ihn auseinanderschob, mit vor Angst geschlossenen Augen, sich an den Perlen zu verletzen, und daß sie, nachdem sie einmal durch diesen Vorhang hindurch war, im Lichte des Platzes die Augen geöffnet hat, mit einem leichten Lächeln der Verwirrung.

– Ach, ich weiß, ich weiß, rief Herr Andesmas.

Die Frau nahm noch sachter den Faden wieder auf.

– Und dann nahm sie sich Zeit und hat den Platz überquert.

Das Lied begann wieder.

Sie hörte ihm zu, ohne zu sprechen, aufmerksam.

– Es ist auch, sagte sie, dieses Lied gewesen, das in diesem Sommer damals aufkam.

Sie beginnt wieder, den Weg auf und ab zu gehen, kehrt wieder zurück, und dann, mit dem Ende ihres Hinundhers, sinkt sie mit einem Male nieder, in den Sitz, dort wo sie sich befindet. Sie überläßt ihre Haare dem Wind, und ihre beschäftigungslosen Hände streichen über den Boden.

– Die Schönheit, die kennen wir alle, sagte sie, von selbst. Aber daß du schön bist, das sagt man dir, wenn du geliebt wirst. Selbst in Anbetracht des Irrtums, der nicht weiß, was das heißt: schön sein, und den Frieden nicht kennt, der einem geschenkt wird, wenn man das sagen hört, ob nun zur Täuschung oder nicht. Valérie, nein, Valérie war, seit ich sie kennengelernt habe, so unglaubwürdig das auch klingen mag, weit davon entfernt, sich vorzustellen, wie köstlich es ist und wie man darauf wartet, das sagen zu hören. Aber ohne es zu wissen, lebte sie darauf hin, suchte sie danach, wer, eines Tages, ihr nahen würde, diese Worte auf den Lippen, für sie.

– Sie hat den Platz überquert, sagte Herr Andesmas, da sind Sie stehengeblieben.

– Sie war schon erwachsen, Herr Andesmas, Ihr Kind war schon erwachsen, Sie können es mir glauben.

Das Dorf fiel in Ruhe.

Mit geöffnetem Munde, stumpf vor lauter Aufmerksamkeit, schweigt sie – folgt sie mit ihren Augen Valéries schwarzem Auto auf der Straße, die das Meer entlangführt. Auch Herr Andesmas sieht dieses Auto.

Sie ist es, die wieder zu sprechen beginnt.

– Ich habe ein Jahr dazu gebraucht, nimmt sie den Faden wieder auf, um dieses ungeheure Problem zu entwirren, das das bewundernswerte Blond Ihres Kindes stellte. Ein Jahr, um ganz einfach ihr Dasein anzunehmen, um dieses Ereignis zuzugeben: das Dasein Valéries, und das Entsetzen bei

der Vorstellung zu überwinden, daß dieses Dasein noch ohne die geringste Einschränkung sich jemandem darbot, wem? wem?
Valéries Auto ist nicht mehr sichtbar.
Die Straße, die sich am Strand entlangschlängelt, verliert sich in dem Kiefernwald, der am Fuße des Hügels, ostwärts, noch immer besonnt ist.
Das Auto ist an der Kreuzung, von der der Weg zu Valéries Haus abzweigt, vorbeigefahren.
Sie beginnt wieder, bei jedem Windstoß ihre Haare ordentlich zurückzustreichen. Herr Andesmas beobachtet ihre Bewegung, wie er auf ihre Worte hört. Diese Bewegung bleibt der gleich, die Michel Arcs Frau wohl gehabt hat, immer gehabt hat.
– Sie wußte es, sie wußte im Grunde schon, was Sie eben sagten ... seufzte Herr Andesmas.
– Man weiß es nicht von allein. Nein, sie wußte es nicht.
Herr Andesmas erhob sich aus seinem Stuhl und sagte ganz leise:
– Aber sie weiß es, sie weiß es.
Die Frau täuschte sich, glaubte, daß es eine Frage gewesen sei. Sie antwortete darauf.
– Sie sollten diese schreckliche Frage nicht stellen, sagte sie. Morgen, oder heut nacht wird sie es vielleicht wissen?

Sie musterte streng die unförmige Masse des Herrn Andesmas.

– Haben Sie ihr Auto am Strand entlangfahren sehen, Herr Andesmas?

– Ich habe es gesehen.

– Dann sind wir beide bis zum selben Punkte vorgedrungen in diesem Augenblick, der vielleicht der Augenblick ist, in dem sie es erfahren haben wird.

Unversehens ist sie anderswo, gekreuzigt auf diesem übersonnten Platz, über den Valérie ging.

– Dieser erste Gang über diesen Platz, sagte sie, an diesem Morgen damals, von Valérie, die so blond war, wie auch Sie wissen, Sie, Ihr Vater, dieser erste Gang unter neuen Augen, sie gab nicht acht auf ihn, gewiß, aber sie sagt trotzdem, daß sie sich an ihn erinnert. Sie behauptet, den Kopf gehoben und mich gesehen zu haben.

– Aber Sie haben doch wissen müssen, daß Valérie mein Kind war, beschwerte sich Herr Andesmas.

– Nachdem sie aus dem Kolonialwarenladen herausgekommen war, aber ziemlich lange nach ihrem Vorübergehen, habe ich begriffen, daß Valérie ein Kind war. Aber erst nachher. Nachdem ich darüber nachgedacht hatte.

– Sie ist herausgekommen mit? Mit?

– Ja! schrie sie.
Ein gewaltiges stummes und überlanges Lachen schüttelte den Leib von Herrn Andesmas. Sie, sie brach in ein schrilles Lachen aus, das auf halber Höhe steckenblieb.
– Mit Bonbons! fuhr sie fort. Sie schaute auf niemanden, niemanden, wenn sie auch das Gegenteil sagt, sondern nur auf ihre Tüte Bonbons! Ein kleiner Aufenthalt! Sie macht die Tüte auf und nimmt einen Bonbon heraus, weil sie nicht länger warten kann.
Sie betrachtet den Kiefernwald, von dem Valéries Auto verschlungen worden ist.
– So habe ich mich ihrer, nachträglich, als eines Kindes erinnert. Wie alt war sie genau?
Herr Andesmas wiederholte es.
– Über sechzehn Jahre. Fast siebzehn. Bis auf zwei Monate. Valérie ist im Herbst geboren. Im September.
Herr Andesmas birst vor Worten, er zittert unter diesem ungewohnten Strom von Worten.
– Sie war Ihrer Liebe wegen noch ein ganz kleines Mädchen. Aber Sie wußten nicht, daß sie sehr schnell das Alter erreichen würde, in dem sie Sie verlassen mußte, was auch immer Sie täten, um sie daran zu hindern.

Sie wird still. Und in diesem Schweigen, das sie hervorgerufen hat, dringt die anmutige Erinnerung eines uralten Schmerzes in das Innere von Herrn Andesmas.

– Aber dieses andere kleine Mädchen, Ihres? seufzt er.

Sie läßt den Kiefernwald nicht aus den Augen, der mit seiner Masse Valéries Auto bedeckt.

– Lassen Sie sie, sagt sie.

– Wo ist sie? wo kann sie nur sein? ruft Herr Andesmas aus.

– Sie ist da, sagt sie sachte. Da. Sie glaubt, daß sie etwas verloren hat, sie sucht auf dem Platz. Ich sehe sie. Sie ist da.

Der Blick verläßt den Wald, streift über die Ebene, nähert sich dem Dorf.

– Ich erkenne sie an ihrem blauen Kleid.

Sie zeigt mit ihrem Finger nach einer Stelle, die Herr Andesmas nicht mehr sehen kann.

– Da, sagt sie. Sie ist da.

– Ich kann sie nicht sehen, beklagt sich Herr Andesmas.

Die anmutige Erinnerung an den uralten Schmerz bewegt sich kaum in ihm, kaum mehr als die untröstbare Pein einer kaum wahrgenommenen und, kaum wahrgenommen, schon erstickten, und unter

tausend anderen, und unter tausend anderen vergessenen Liebe.
Der Schmerz wird nur von dem uralten Fleisch dieses sich auflösenden Körpers aufgenommen. Das ist alles. Dem Kopf wird dieses Mal die Sorge erspart, leiden zu müssen.
– Sie wird nichts finden, sagt Herr Andesmas. Nichts.
Sieht sie wirklich ihr Kind, das in der Sonne und dem Staub des Platzes sein Gedächtnis sucht?
– Solange sie sucht, sagt sie, ist sie nicht unglücklich. Erst wenn sie findet, wird sie unruhig, erst wenn sie findet, was sie sucht, erinnert sie sich völlig daran, daß sie vergessen hat.

Von neuem wendet sie sachte den Kopf, erfaßt von dem Schauspiel des Kiefernwaldes und des Meeres. Der Wald bleibt verschlossen. Das Meer ist verlassen.
Herr Andesmas verliert sie ebenso plötzlich aus den Augen wie er sie eben gesehen hat.
Mit einer fröstelnden Bewegung nimmt sie, auf einmal, ihre Schultern in die Arme.
– Klein bei klein, Tag bei Tag habe ich begonnen, an Valérie Andesmas zu denken, die sehr schnell

das Alter erreichen würde, in dem sie Sie verlassen mußte. Verstehen Sie?
Sie nähert sich mit abgezirkten Schritten dem Abgrund, ohne eine Antwort von Herrn Andesmas zu erwarten. Dieser aber fürchtet, daß sie ihre Schultern losläßt, er glaubt, daß nichts sie zurückhalten wird, noch ein wenig mehr auf den Abgrund zuzugehen, wenn sie erst einmal ihre Schultern losgelassen hat. Aber sie macht diese Bewegung erst, als sie sich zu ihm umgedreht hat. Die Furcht des Herrn Andesmas, sie sich dem Abgrund nähern zu sehen, ist so heftig, daß er glauben könnte, sein Alter zöge sich, in diesem Augenblick, in der Unachtsamkeit, vor ihm zurück.
– Sie schlafen, Herr Andesmas? Sie antworten mir nicht mehr?
Herr Andesmas zeigt ihr das Meer. Herr Andesmas hat das Kind für immer vergessen.
– Es ist nicht so spät, wie Sie glauben, sagt er. Die Sonne steht noch hoch. Sehen Sie nur hin.
Sie sieht nicht hin, zuckt mit den Schultern.
– Da sie auf alle Fälle kommen werden und der Augenblick, in dem sie eintreffen werden, desto näher rückt, je mehr die Zeit fortschreitet, warum dann unruhig werden?

Gelächter steigt irgendwo am Hügel auf.

Die Frau erstarrt, versteint, Auge in Auge mit Herrn Andesmas. Das Gelächter hat aufgehört.

– Das war das Lachen von Valérie und das von Michel Arc, ruft sie. Sie haben zusammen gelacht. Hören Sie!

Sie fügt, lachend, hinzu:

– Worüber, frage ich Sie?

Herr Andesmas hebt seine steifen und gepflegten Hände zu einer Gebärde der Unwissenheit. Sie nähert sich ihm wie ein Spürhund, sie scheint plötzlich sehr lustig. Wünscht er, daß sie jetzt verschwindet? Er stellt sich vor, wie leer die Plattform sein wird, wenn sie sie erst verlassen haben wird, und während sie sich ihm nähert, lauscht er mit aller Kraft.

– Wollen Sie es wissen? Ich habe ihr Bonbons gegeben, und so habe ich sie kennengelernt. Eine Naschkatze, nicht wahr, diese Valérie?

– Doch, eine Naschkatze! gibt Herr Andesmas zu.

Er lächelt, rettungslos, bei dieser Erinnerung.

– Ich, sagt sie, ich habe ihr beigebracht, während Ihres Mittagsschlafes auszureißen.

Herr Andesmas machte ihr Mut.

– War das nötig?

– Ja. Es fiel ihr noch sehr schwer, Sie in Ihrem Alter allein zu lassen. Der einzige Augenblick, in dem das möglich war, war der Mittagsschlaf, Ihr langer Mittagsschlaf.
– Dies Haus?
– Michel Arc hat es ihr bei einem Spaziergang gezeigt.
– Die Terrasse?
– Das wäre eine Möglichkeit, hat er ihr gesagt. Das wäre schön, ein Haus zu haben, so hoch auf dem Hügel, mit einer Terrasse, von der aus man das gute Wetter, die Stürme kommen sehen kann, von der aus man jedes Geräusch hört, selbst von der andern Seite der Bucht, morgens, abends, selbst nachts.
– Sie haben eben nicht gelacht, wie Sie behaupten, sagt Herr Andesmas. Man hat das Auto nicht heraufkommen hören.
– Wenn sie vom Teich her kommen, müssen sie so weit laufen, daß sie das Auto viel weiter unten stehen gelassen haben werden, und deswegen hätte man es nicht hören können. Es liegt schließlich nichts daran, wir werden es bald wissen.

Gelächter steigt wieder von einer anderen Stelle des Hügels auf. Sie lauscht.

– Kinder vielleicht? fragt sie. Das kommt vom Teich her.
– Ja, bestätigt Herr Andesmas.
Ihre Lustigkeit verfällt. Sie kommt nahe an den Stuhl, sehr nahe.
– Was meinen Sie? fragt sie ganz leise, lohnt es sich, daß wir noch länger warten? Eben habe ich Ihr Vertrauen mißbraucht. Ich habe Ihnen gesagt, ich sei sicher, daß sie kämen, aber es ist nicht wahr, ich bin ganz und gar nicht sicher.
– Ich kann nicht allein hinunter, ohne mein Leben aufs Spiel zu setzen, sagt er. Mein Kind weiß es.
– Daran hatte ich nicht gedacht, sagt sie.
Sie lacht über diese Komödie, lacht. Er mit ihr.
– Ich habe es Ihrem kleinen Mädchen gesagt. Ich werde auf Michel Arc warten, solange es noch hell ist. Es ist noch sehr hell.
– Und sie hat es ihm gesagt.
– Also, bitte.
Sie setzt sich zu Füßen des Stuhls wie jenes kleine Mädchen kurz zuvor. Man könnte sagen, daß sie auf nichts mehr wartet. Sie schließt die Augen.
Ihre Haare liegen auf dem Rohr, streicheln es.
– Sie hat zurückgewiesen, was ich ihr gab, Bonbons vor allem, sagte sie. Wie Sie es ihr beigebracht haben. Sogar Bonbons. Viele Male.

Sie wiederholte in ihrer Erschöpfung:

– Viele, viele Male. Das hat mich manchmal sogar fast entmutigt.

Sie wandte sich ihm wieder zu, musterte ihn ganz aus der Nähe, und Herr Andesmas senkte den Blick. Wer sah Herrn Andesmas künftighin noch an, wenn nicht, in einem schwer überbrückbaren Augenblick, diese Frau und, kurz zuvor, dieses Kind?

– Man könnte sagen, daß Sie an nichts mehr denken, sagte sie wieder ganz leise.

– Es ist mein Kind, murmelte Herr Andesmas. Die Erinnerung an sie weilt, selbst in ihrer Gegenwart, unveränderlich in mir, und das erfüllt mich mit Denkträgheit.

– Sie hören mir trotzdem zu.

– Sie erzählen mir von ihr. Ist sie, während des Mittagsschlafs, in Ihren Garten ausgerissen?

– Wenn es nicht zu warm war, sich in ihm aufzuhalten, ja, dann war es unser Garten.

– Ich wußte nichts davon. Aber es ändert für mich nichts mehr, ob ich es weiß oder ob ich es nicht weiß.

– Wie Sie plötzlich reden, sagte sie lächelnd.

– Wenn ich in meinem Alter, aus dieser Altmännermittagsruhe, von der Sie sprechen, aus einem

Schlaf, so zäh wie Pech, mit meinen Erinnerungen erwache, Frau Arc, dann weiß ich, daß es eine weitverbreitete Torheit ist, zu glauben, daß es zu irgend etwas nütze ist, ein so langes Leben gelebt zu haben. In mir ist noch die Vorstellung von Valéries Morgenzeiten und Abendzeiten, ich kann nichts daran ändern. Ich glaube, daß ich nie den Augenblick meines Lebens erreichen werde, in dem die Vorstellung von Valéries Morgenzeiten mich meiden wird. Ich glaube, daß ich mit dem ganzen Gewicht, dem ungeheuren Gewicht der Liebe zu Valérie auf meinem Herzen sterben werde. Ich glaube, daß es so sein wird.

Es trieb sie zu ihm, so zärtlich wie sie bis dahin kein einziges Mal gewesen war.

– Aber Michel Arc ist ein bewunderungswürdiger Mann, sagte sie. Sie brauchen sich nicht zu beunruhigen.

– Ich glaube nicht, daß ich das tue, sagte Herr Andesmas, aber Sie haben vielleicht doch recht und ich kann es tun, ohne es zu wissen. Alles kommt mir im Kopf so durcheinander, daß ich, statt mich zu beunruhigen, womöglich glücklich bin, so im Einklang mit Ihnen zu sein.

– Geben Sie sich Mühe, hören Sie mir noch zu, flehte sie. Ich schwöre Ihnen, ich kenne Michel Arc

besser als irgendwer sonst. Sie werden ihn gleich sehen. Geben Sie sich Mühe, ihn besser kennenzulernen, ich beschwöre Sie. Sie werden sehen, was für ein Mann Michel Arc ist.
– Ich glaube Ihnen, sagte Herr Andesmas zerstreut.

Die Frau fühlte, daß er ihr keine Aufmerksamkeit mehr schenkte, und beunruhigte sich.
– Werden Sie einschlafen, Herr Andesmas, wenn ich weiter von ihm rede?
– Ich weiß es nicht, sagte Herr Andesmas immer noch zerstreut. Welche Wohltat, sie während dieser Mittagsruhe in diesem verschlossenen Garten zu glauben, eingeschlossen in diesem Garten während meines traurigen Schlafs.
– Hören Sie!
Der Hügel ist wieder vollkommen schweigsam geworden. Der Schatten erreicht den Saum des Meeres.
– Ich glaubte, etwas gehört zu haben, sagte sie.
Herr Andesmas behauptete, daß er es von diesem Augenblick an leid gewesen sei, begonnen habe, sich ihr zu entziehen, sogar ihr, dieser Frau, der letzten die sich ihm genähert haben würde.
– Ach, ich erinnere mich nicht, daß sie mich so oft

zur Zeit des Mittagsschlafs verlassen haben soll, wissen Sie.
– Aber sie kehrte vor Ihrem Erwachen zurück, Herr Andesmas. Sie begann, immer, zehn Minuten vor diesem Erwachen auf die Uhr zu sehen. Und sie lief eilig los zu Ihrem Garten und sie schloß ganz sachte das Tor hinter sich, und sie lief immer noch, auf die Glastür Ihres Zimmers zu. Bitte, bitte, Herr Andesmas, was denken Sie eigentlich?
– Ich hätte es bemerkt, wenigstens ein Mal, ein einziges Mal.
Er schüttelte traurig den Kopf. Sie gleichfalls. So empfanden sie beide den selben Kummer über den Fall des Herrn Andesmas.
– Ich glaube Ihnen jetzt, sagte sie. Sie haben kein Gedächtnis mehr. Sie haben überhaupt kein Gedächtnis mehr.
– Ach, lassen Sie mich nur, rief plötzlich Herr Andesmas.

Quand le lilas fleurira mon amour
Quand le lilas...

Sie hörte dem Lied zu, gleichgültig gegenüber der zornmütigen Traurigkeit des Herrn Andesmas.

– Ich, ich habe noch ein Gedächtnis, sagte sie, das Gedächtnis dieses Mannes, Michel Arcs, auf den wir warten. Aber eines Tages werde ich eines haben, das von diesem ganz verschieden ist. Eines Tages werde ich fern von jedem Gedächtnis dieses Augenblicks erwachen.

Sie fügte, in einer plötzlichen Kehrtwendung, hinzu:

– Ich habe es mir auferlegt. Verstehen Sie?

Er hatte verstanden.

– Ja, ja, sagte er.

– Ach, ich fühle sie bereits in mein Leben treten, die anderen Männer, dutzende, hunderte, neue, ach! die mich von seinem Gedächtnis erlösen werden, und sogar von dem Gedächtnis dieses Augenblicks, den ich hier vor Ihnen lebe, der schwer ist, fast unüberwindlich, den ich aber, wie Sie sehen können, dank Ihrer so aufmerksamen Gegenwart überwinde. Dann werde ich mich schämen, so zu Ihnen gesprochen zu haben, Ihnen diese vergänglichen Beschwernisse anvertraut zu haben. Sie werden vielleicht tot sein?

Er neigte den Kopf und betrachtete, seinerseits, den Abgrund.

– Ich habe ganz den Eindruck, als sagten Sie, was Ihnen gerade einfällt, brummelte er.

Sie wandte sich wieder dem Abgrund zu, den Herr Andesmas betrachtete, und schrie ihre gegenwärtige Zugehörigkeit zu Michel Arc hinaus.

– Eines Tages, eines Tages wird sich mir ein anderer Mann nahen, und unter seinem Blick werde ich die Anzeichen eines ersten Verlangens spüren, diese Schwere, diese Hitze in meinem Blut, die mich nicht täuschen wird. Genau so. Kein anderer Mann wird sich mir dann nahen können, ich werde es nicht mehr dulden, selbst er, Michel Arc, nicht. Genauso, denn da er...

Herr Andesmas fiel ihr ins Wort.

– Valérie hat den Platz mit der Tüte Bonbons in der Hand überquert. Und dann?

Sie schien eine Sekunde lang bestürzt, dann überdeckte ihr Horchen in den Wald all ihr Erstaunen.

– Sie wissen nicht mehr, wie sie die Plätze überquert? fragte sie nachlässig. Sie sind wirklich darauf angewiesen, daß man es Ihnen erzählt?

Herr Andesmas machte sich lustig.

– So, sagte er, ich weiß es wohl nicht mehr so genau.

– Andere werden es bald besser wissen als ich, und aus frischerer Erfahrung. Sie brauchen sich nur bei ihnen zu erkundigen.

– In aller Ruhe, gleichgültig gegen die Hitze? beharrte Herr Andesmas.
– Ja. Aber wie soll ich es nur anstellen, es Ihnen zu sagen?
– Meine kleine Valérie ist wirklich ruhig und nett, sagte Herr Andesmas.

Fraglos besitzt sie jetzt die Gewißheit, daß sie sich vor einem Mann befindet, mit dem künftighin nicht mehr gerechnet werden muß.
Sie verläßt ihn, geht auf den Weg zu, setzt sich und spricht, den Rücken zu ihm, ganz für sich selbst!
– Ach, welche Schwierigkeit, erzählt sie, welche Schwierigkeit, diesen so leicht verständlichen Schmerz zu beschreiben, einen Liebesschmerz. Welch köstliche Erleichterung wäre es gewesen, jemandem zu begegnen, dem man es hätte erzählen können! Wie, was auch immer, diesem alten Mann beschreiben, der über alle Schwierigkeiten hinaus ist bis auf die eine, zu sterben?
– Kommen Sie wieder zu mir, flehte Herr Andesmas. Sie täuschen sich. Alles übrige, das übrige ist mir gleichgültig, wenn Sie nur noch weiter zu mir sprechen. Bitte, kommen Sie wieder.
Sie gehorcht unwillig, kommt auf ihn zu.

– Wir waren, sagt sie, bei Tag und bei Nacht so treu, so ausschließlich vereint, daß uns gelegentlich schamvolle Reue überkam, uns so kindisch zur Entbehrung anderer, noch verwegenerer Begegnungen als der unseren verdammt zu sehen.
Herr Andesmas hob gebieterisch die Hand und hielt sie ihr entgegen. Sie weigerte sich, diese Hand zu ergreifen.
– Valérie, sagte Herr Andesmas nachdrücklich. Valérie.
– Sie ging vorüber, erzählte sie verdrossen, so wie Sie wissen, daß sie über die Plätze ging, noch vor einem Jahr, über die Plätze und auf den Straßen, die auf ihrem Wege lagen. Blond. Haare in den Augen, immer. Damit beschäftigt, an diesem Bonbon zu lutschen, die anderen Bonbons betrachtend, bedauernd, sie nicht alle auf einmal im Mund zu haben.
Ein ungeheures, erstarrtes Lächeln hatte sich über das Gesicht des Herrn Andesmas gebreitet.
– Immer ist sie so gewesen, meine kleine Valérie.
Unten am Hügel, genau in der Richtung, aus der sie kommen mußten, erklang, aufgebläht durch das Echo, das Knattern eines Automobilmotors.
Die Frau ergriff die Hand des alten Mannes und schüttelte sie.

– Da, diesmal ist es Valéries Auto! rief sie.
Herr Andesmas verzog keine Miene.
– So alt, so verdreht Sie immer sein mögen, Sie müssen sich damit abfinden, Herr Andesmas. Hören Sie! Das Auto hält!
– Sie erzählen mir Märchen, sagt Herr Andesmas.
Das Auto hat gehalten.
Es kommt ein Augenblick voller Stille. Und dann ertönt ein Zwillingshämmern auf den Boden, immer noch genau in der Richtung, aus der an den Tag kommen müßte, ob Michel Arc und Valérie Andesmas oder zwei ganz andere Leute erscheinen.
– Ihre Liebe zu Valérie muß sich daran gewöhnen, fern von ihrem Glück zu sein. Unser beider Entfernung möge vollkommen, unvergleichlich sein. Verstehen Sie, Herr Andesmas?
Das Lächeln auf dem Gesicht von Herrn Andesmas erlosch nicht. Er erinnerte sich bei diesem Lächeln, das er weder rechtfertigen noch hindern konnte, immer an dieses zerrissene und gelähmte Gesicht – sein eigenes.
In das Zwillingshämmern der Schritte mischte sich stummes und zurückhaltendes Lachen ohne den geringsten Spott, ebenso ohne Fröhlichkeit, das aber, wie das Lächeln von Herrn Andesmas, nicht gehindert wurde.

Die Frau hörte es, dann näherte sie sich, in einem tierischen Drang, voll Entsetzen, Herrn Andesmas.
– Ich habe dieses Lachen nicht erkannt, sagte Herr Andesmas. Meiner Meinung nach war es das Lachen von Kindern, die zum Teich gehen.
– Sie kommen! sagte überstürzt die Frau. Es ist ein anderes Lachen als das, was wir von ihnen kennen, es ist ihr neues Lachen. Wenn sie beisammen sind, lachen sie so, ich weiß es nur zu gut! Hören Sie! Wieviel Zeit sie sich lassen! Sie gehen nur widerwillig voran. Ach! wieviel Zeit sie sich lassen!
– Wie ekelhaft! murmelte Herr Andesmas.
Die Frau entfernt sich von Herrn Andesmas. Unter einem Schwall von Gebärden geht sie, außer sich, auf der Hügelplatte hin und her, rauft sich die Haare, ringt die Hände, streift unvorsichtig den Abhang. Aber Herr Andesmas, einzig mit dem Versuch beschäftigt, dieses lähmende Lächeln von seinem Gesicht zu vertreiben, erschrickt nicht mehr.
Der Schatten hat nun nicht nur lediglich den Saum des Meeres, sondern das Meer selbst fast in seiner ganzen Ausdehnung erreicht. Herr Andesmas glaubt einem ungeheuren, jahrelangen Mittagsschlaf entronnen zu sein.

– Wie werden sie dahinter kommen? fährt die Frau fort. Das ist das einzige, was wir noch nicht wissen.
Sie sucht nach den Worten und erklärt ruhig:
– Das einzige, was sich unserer Kenntnis vollkommen entziehen wird.

Es blieb nichts mehr als ein einziger Faden Lichts, zwischen dem Horizont und dem Meer. Herr Andesmas lächelte immer noch.
– Wie werden sie es einander sagen? Da nun das ganze Dorf, die ganze Welt es weiß und die ganze Welt auf diesen Augenblick wartet?
– Ich gebe nichts auf das, was Sie sagen, sagt Herr Andesmas. Aber bitte, reden Sie.
– Es sind nur noch ein paar Minuten bis zu ihrer Ankunft, sehen Sie nur, wie spät es ist.
– Sie wissen nichts? fragt endlich Herr Andesmas.
– Nein. Nichts. Heute morgen noch nichts.
– Auch nicht mein Kind Valérie?
– Nein. Auch nicht Valérie, auch nicht Michel Arc.

Quand le lilas fleurira mon amour

– Hören Sie! Das ist Valérie, die da singt!
Herr Andesmas antwortete nicht. Da kehrte sie

noch ein letztes Mal zu ihm zurück, ergriff noch einmal seine Hand und schüttelte sie.

– Nachdem sie den Platz überquert hatte, wollen Sie wirklich wissen, wie wir dann einander kennengelernt haben? Ich leide unvorstellbar, ich muß es Ihnen erzählen. Sie sind so alt, Sie können alles verstehen?

– Es ist Ihr kleines Mädchen, das wieder heraufkommt, sagte Herr Andesmas. Das war sie. Ich habe ihre Stimme erkannt.

– Sie werden in wenigen Minuten hier sein, flehte die Frau. Ich werde Ihnen nichts mehr als das erzählen, was notwendig sein wird. Ich bitte Sie.

– Ich werde nichts mehr anhören, warnte sie Herr Andesmas.

Sie sprach trotzdem, seine Hand in der ihren, schüttelte oder streichelte sie abwechselnd während der wenigen Minuten, die noch vergehen mußten bis zu der blendenden Ankunft der anderen vor dem Abgrund, den ein einheitlich entfärbtes Licht erfüllte.

Marguerite Duras
im Suhrkamp Verlag und im Insel Verlag

Abahn Sabana David. Aus dem Französischen von Maria Dessauer. Leinen

Blaue Augen schwarzes Haar. Aus dem Französischen von Maria Dessauer. Leinen und st 1681

C'est tout. Das ist alles. Aus dem Französischen von Andrea Spingler. Bütten-Broschur

Dialoge. Gespräch im Park. Die Viadukte. Ganze Tage in den Bäumen. Seen und Schlösser. La Musica. Aus dem Französischen von Walter Boehlich, Walter M. Guggenheimer, Werner Spies und Gerda von Uslar. Leinen

Eden Cinéma. Aus dem Französischen von Ruth Henry. es 1443

Emily L. Roman. Aus dem Französischen von Maria Dessauer. Leinen und st 1808

Ganze Tage in den Bäumen. Erzählung. Deutsch von Elisabeth Schneider. st 1157

Heiße Küste. Roman. Aus dem Französischen von Georg Goyert. st 1581

Hiroshima mon amour. Filmnovelle. Deutsch von Walter Maria Guggenheimer. st 112

Hiroshima mon amour. es 3304

Im Park. Roman. Aus dem Französischen von Andrea Spingler. Leinen und st 1938

Im Sommer abends um halb elf. Roman. Aus dem Französischen von Ilma Rakusa. Leinen, BS 1087 und st 2201

La Musica Zwei. Theaterstück. Aus dem Französischen von Simon Werle. es 1408

Liebe. Aus dem Französischen von Barbara Henninges. st 2460

Der Liebhaber. Roman. Aus dem Französischen von Ilma Rakusa. Leinen, BS 967 und st 1629

Der Liebhaber. Ein Gedenkbuch. Gebunden

Der Liebhaber aus Nordchina. Roman. Aus dem Französischen von Andrea Spingler. Leinen und st 2384

Der Matrose von Gibraltar. Roman. Aus dem Französischen von Maria Dessauer. Leinen und st 1847

Moderato cantabile. Roman. Aus dem Französischen von Leonharda Gescher und Walter Maria Guggenheimer. BS 51 und st 1178

Der Nachmittag des Herrn Andesmas. Aus dem Französischen von Walter Boehlich. BS 109 und st 2644

Das Nachtschiff. Caesarea. Die negativen Hände. Aurelia Steiner. Aurelia Steiner. Aurelia Steiner. Aus dem Französischen von Andrea Spingler. Leinen

20/1/8.96

Marguerite Duras
im Suhrkamp Verlag und im Insel Verlag

Nathalie Granger. Die Frau vom Ganges. Aus dem Französischen von Andrea Spingler. Leinen

Die Pferdchen von Tarquinia. Roman. Aus dem Französischen von Walter M. Guggenheimer. Gebunden und st 1269

Ein ruhiges Leben. Roman. Deutsch von W. M. Guggenheimer. st 1210

Schreiben. Aus dem Französischen von Andrea Spingler. Bütten-Broschur

Sommer 1980. Aus dem Französischen von Ilma Rakusa. es 1205

Sommerregen. Aus dem Französischen von Andrea Spingler. Leinen und st 2284

Das tägliche Leben. Aus dem Französischen von Ilma Rakusa. es 1508

Der Tod des jungen englischen Fliegers. Aus dem Französischen von Andrea Spingler. es 1945

Vera Baxter oder Die Atlantikstrände. Aus dem Französischen von Andrea Spingler. es 1389

Die Verzückung der Lol V. Stein. Deutsch von Katharina Zimmer. st 1079

Der Vize-Konsul. Roman. Deutsch von W. M. Guggenheimer. st 1017

Zu Marguerite Duras

Yann Andréa: M. D. Aus dem Französischen von Renate Hörisch-Helligrath. es 1364

Marguerite Duras / Michelle Porte: Die Orte der Marguerite Duras. Aus dem Französischen von Justus F. Wittkop. es 1080

20/2/8.96

Französische Literatur
in der edition suhrkamp und
in den suhrkamp taschenbüchern

Alain: Die Pflicht, glücklich zu sein. Aus dem Französischen übertragen und mit einem Nachwort versehen von Albrecht Fabri. st 859

Yann Andréa: M. D. Aus dem Französischen von Renate Hörisch-Helligrath. es 1364

Eugen Bavčar: Das absolute Sehen. Aus dem Französischen von Sybille Kershner. Mit Fotografien. es 1909

Samuel Beckett: Gesammelte Werke in Einzelbänden. Elf Bände in Kassette. st 2401-2411

– Endspiel. Fin de Partie. Französisch und deutsch. Deutsch von Elmar Tophoven. es 96

– Endspiel. Fin de partie. Endgame. Deutsche Übertragung von Elmar Tophoven. Französische Originalfassung. Englische Übertragung von Samuel Beckett. st 171

– Flötentöne. Französisch und deutsch. Aus dem Französischen von Elmar Tophoven und Karl Krolow. es 1098

– Glückliche Tage. Happy Days. Oh les beaux jours. Deutsche Übertragung von Erika und Elmar Tophoven. Englische Originalfassung. Französische Übertragung von Samuel Beckett. st 248

– Das letzte Band. La dernière bande. Krapp's Last Tape. Deutsche Übertragung von Erika und Elmar Tophoven. Englische Originalfassung. Französische Übertragung von Samuel Beckett. Mit Szenenphotos. st 200

– Malone stirbt. Roman. Aus dem Französischen von Elmar Tophoven. st 2407

– Mercier und Camier. Aus dem Französischen von Elmar Tophoven. st 943 und st 2405

– Molloy. Roman. Aus dem Französischen von Erich Franzen. st 229 und st 2406

– Der Namenlose. Roman. Übertragen von Elmar Tophoven, Erika Tophoven und Erich Franzen. st 536 und st 2408

– Warten auf Godot. En attendant Godot. Waiting for Godot. Deutsche Übertragung von Elmar Tophoven. Vorwort von Joachim Kaiser. st 1

– Wie es ist. Deutsch von Elmar Tophoven. st 1262 und st 2409

Samuel Beckett. Glückliche Tage. Probenprotokoll der Inszenierung von Samuel Beckett in der ›Werkstatt‹ des Berliner Schiller-Theaters. Aufgezeichnet von Alfred Hübner. Fotos von Horst Güldemeister. es 849

Emmanuel Bove: Armand. Roman. Aus dem Französischen von Peter Handke. st 2167

Leonora Carrington: Unten. Aus dem Französischen von Edmund Jacoby. st 2343

109/1/7.95

Französische Literatur
in der edition suhrkamp und
in den suhrkamp taschenbüchern

E. M. Cioran: Die verfehlte Schöpfung. Übersetzt von François Bondy. Das Kapitel »Die neuen Götter« wurde von Elmar Tophoven übersetzt. st 550

– Vom Nachteil, geboren zu sein. Übersetzt von François Bondy. st 549

Colette: Diese Freuden. Aus dem Französischen von Maria Dessauer. st 2154

Marguerite Duras: Blaue Augen, schwarzes Haar. Aus dem Französischen von Maria Dessauer. st 1681

– Eden Cinéma. Aus dem Französischen von Ruth Henry. es 1443

– Emily L. Roman. Aus dem Französischen von Maria Dessauer. st 1808

– Ganze Tage in den Bäumen. Erzählung. Deutsch von Elisabeth Schneider. st 1157

– Heiße Küste. Roman. Aus dem Französischen von Georg Goyert. st 1581

– Hiroshima mon amour. Filmnovelle. Deutsch von Walter Maria Guggenheimer. st 112 und st 2522

– Im Park. Roman. Aus dem Französischen von Andrea Spingler. st 1938

– Im Sommer abends um halb elf. Roman. Aus dem Französischen von Ilma Rakusa. st 2201

– La Musica Zwei. Theaterstück. Aus dem Französischen von Simon Werle. es 1408

– Liebe. Aus dem Französischen von Barbara Henninges. st 2460

– Der Liebhaber. Aus dem Französischen von Ilma Rakusa. st 1629

– Der Liebhaber aus Nordchina. Roman. Aus dem Französischen von Andrea Spingler. st 2384

– Der Matrose von Gibraltar. Roman. Aus dem Französischen von Maria Dessauer. st 1847

– Moderato cantabile. Roman. Aus dem Französischen von Leonharda Gescher und W. M. Guggenheimer. st 1178

– Das Pferdchen von Tarquinia. Roman. In der Übersetzung von Walter M. Guggenheimer. st 1269

– Ein ruhiges Leben. Roman. Deutsch von W. M. Guggenheimer. st 1210

– Sommer 1980. Aus dem Französischen von Ilma Rakusa. es 1205

– Sommerregen. Aus dem Französischen von Andrea Spingler. st 2284

– Das tägliche Leben. Aus dem Französischen von Ilma Rakusa. es 1508

– Der Tod des jungen englischen Fliegers. Aus dem Französischen von Andrea Spingler. es 1945

109/2/7.95

Französische Literatur in der edition suhrkamp und in den suhrkamp taschenbüchern

Marguerite Duras: Vera Baxter oder Die Atlantikstrände. Aus dem Französischen von Andrea Spingler. es 1389

– Die Verzückung der Lol V. Stein. Deutsch von Katharina Zimmer. st 1079

– Der Vize-Konsul. Roman. Deutsch von W. M. Guggenheimer. st 1017

Marguerite Duras / Michelle Porte: Die Orte der Marguerite Duras. Aus dem Französischen von Justus F. Wittkop. es 1080

Georges-Arthur Goldschmidt: Ein Garten in Deutschland. Erzählung. Aus dem Französischen von Eugen Helmlé. st 1925

Lucien Malson: Die wilden Kinder. Aus dem Französischen von Eva Moldenhauer. st 55

Victor Margueritte: Die Aussteigerin. Roman. Aus dem Französischen von Joseph Chapiro. Mit einem Nachwort von Ursula Krienes. st 1616

André Pieyre de Mandiargues: Schwelende Glut. Erzählungen. Aus dem Französischen von Ernst Sander. st 2466

Robert Pinget: Apokryph. Aus dem Französischen von Gerda Scheffel. es 1139

Marcel Proust: Auf der Suche nach der verlorenen Zeit. 10 Bände in Kassette. Aus dem Französischen von Eva Rechel-Mertens. suhrkamp taschenbücher

– Auf der Suche nach der verlorenen Zeit. Erster Teil: In Swanns Welt. st 644

– Zweiter Teil: Im Schatten junger Mädchenblüte. 2 Bde. Deutsch von Eva Rechel-Mertens. st 702

– Dritter Teil: Die Welt der Guermantes. 2 Bde. Deutsch von Eva Rechel-Mertens. st 754

– Vierter Teil: Sodom und Gomorra. 2 Bde. Deutsch von Eva Rechel-Mertens. st 822

– Fünfter Teil: Die Gefangene. Deutsch von Eva Rechel-Mertens. st 886

– Sechster Teil: Die Entflohene. Deutsch von Eva Rechel-Mertens. st 918

– Siebter Teil: Die wiedergefundene Zeit. Deutsch von Eva Rechel-Mertens. st 988

– Briefe zum Leben. 2 Bde. Ausgewählt und aus dem Französischen übersetzt von Uwe Daube. st 464

– Freuden und Tage. Übertragen und herausgegeben von Luzius Keller. st 2172

– Der Gleichgültige. Erzählung in zwei Sprachen. Mit einem Vorwort von Philip Kolb. In der Übersetzung von Elisabeth Borchers. st 1004

109/3/7.95

Französische Literatur
in der edition suhrkamp und
in den suhrkamp taschenbüchern

Yann Queffélec: Barbarische Hochzeit. Roman. Aus dem Französischen von Andrea Spingler. st 1682

– Der Geisterbeschwörer. Roman. Aus dem Französischen von Hinrich Schmidt-Henkel. st 2413

– Tita. Roman. Aus dem Französischen von Sylvia Antz. st 1924

Raymond Queneau: Zazie in der Metro. Aus dem Französischen von Eugen Helmlé. st 1598

Christiane Rochefort: Frühling für Anfänger. Roman. Aus dem Französischen von Eugen Helmlé. st 532

– Kinder unserer Zeit. Roman. Aus dem Französischen von Walter Maria Guggenheimer. st 487

– Das Ruhekissen. Roman. Aus dem Französischen von Ernst Sander. st 379

– Die Tür dahinten. Roman. Aus dem Französischen von Eugen Helmlé. st 2160

– Zum Glück gehts dem Sommer entgegen. Roman. Aus dem Französischen von Eugen Helmlé. st 523

George Sand: Geschichte meines Lebens. Aus ihrem autobiographischen Werk ausgewählt und mit einer Einleitung versehen von Renate Wiggershaus. st 2345

Jorge Semprún: Algarabía oder Die neuen Geheinmisse von Paris. Roman. Aus dem Französischen von Traugott König und Christine Delory-Momberger. st 1669

– Europas Linke ohne Utopien. Essays. Aus dem Französischen von Wolfram Bayer. es 1915

– Die große Reise. Roman. Aus dem Französischen von Abelle Christaller nach der Originalausgabe. st 744

– Was für ein schöner Sonntag. Aus dem Französischen von Johannes Piron. st 972

– Der weiße Berg. Roman. Aus dem Französischen von Eva Moldenhauer. st 1768

– Yves Montand: Das Leben geht weiter. Aus dem Französischen von Uli Aumüller. st 1279

– Der zweite Tod des Ramón Mercader. Roman. Aus dem Französischen von Gundl Steinmetz. st 564

Claude Simon: Die Akazie. Roman. Aus dem Französischen von Eva Moldenhauer. st 2232

Jean-Philippe Toussaint: Der Photoapparat. Roman. Aus dem Französischen von Joachim Unseld. st 2290

109/4/7.95

Frauenforschung und Feminismus im Suhrkamp Taschenbuch Verlag

Aus der Zeit der Verzweiflung. Zur Genese und Aktualität des Hexenbildes. Beiträge von Gabriele Becker, Silvia Bovenschen, Helmut Brackert, Sigrid Brauner, Ines Brenner, Gisela Morgenthal, Klaus Schneller, Angelika Tümmler. es 840

Johann Jakob Bachofen: Das Mutterrecht. Eine Untersuchung über die Gynaikokratie der alten Welt nach ihrer religiösen und rechtlichen Natur. Eine Auswahl, herausgegeben von Hans-Jürgen Heinrichs. stw 135

Seyla Benhabib: Selbst und Kontext. Kommunikative Ethik im Spannungsfeld von Feminismus, Kommunitarismus und Postmoderne. Aus dem Amerikanischen von Isabella König. es 1725

Berühmte Frauen. Kalender 1996. Von Luise F. Pusch. st 1996

Silvia Bovenschen: Die imaginierte Weiblichkeit. Exemplarische Untersuchungen zu kulturgeschichtlichen und literarischen Präsentationsformen des Weiblichen. es 921

Briefe berühmter Frauen. Von Liselotte von der Pfalz bis Rosa Luxemburg. Herausgegeben von Claudia Schmölders. it 1505

Judith Butler: Das Unbehagen der Geschlechter. Aus dem Amerikanischen von Kathrina Menke. es 1722

Caroline Walker Bynum: Fragmentierung und Erlösung. Aus dem Amerikanischen von Brigitte Große. es 1731

Dekonstruktiver Feminismus. Literaturwissenschaft in Amerika. Herausgegeben von Barbara Vinken. es 1678

Denksachen. Zur theoretischen und institutionellen Rede vom Geschlecht. Herausgegeben von Gesa Lindemann und Theresa Wobbe. es 1729

Denkverhältnisse. Feminismus und Kritik. Herausgegeben von Elisabeth List und Herlinde Studer. es 1407

Feminismus. Inspektion der Herrenkultur. Ein Handbuch. Herausgegeben von Luise F. Pusch. es 1192

Nancy Fraser: Widerspenstige Praktiken. Macht, Diskurs, Geschlecht. es 1726

Das Geschlecht der Natur. Feministische Beiträge zur Geschichte und Theorie der Naturwissenschaften. Herausgegeben von Barbara Orland und Elvira Scheich. es 1727

Geschlechtsverhältnisse und Politik. Herausgegeben vom Institut für Sozialforschung Frankfurt. Redaktion: Katharina Pühl. es 1730

Susan Griffin: Frau und Natur. Das Brüllen in ihr. Aus dem Amerikanischen von Renate Stendhal. es 1405

Barbara Hahn: Unter falschem Namen. Von der schwierigen Autorschaft der Frauen. es 1723

104/1/7.95

Frauenforschung und Feminismus im Suhrkamp Taschenbuch Verlag

Die Hexen der Neuzeit. Studien zur Sozialgeschichte eines kulturellen Deutungsmusters. Herausgegeben von Claudia Honegger. es 743

Luce Irigaray: Ethik der sexuellen Differenz. es 1362

– Speculum. Spiegel des anderen Geschlechts. Aus dem Französischen übersetzt von Xenia Rajewsky, Gabriele Ricke, Gerburg Treusch-Dieter und Regine Othmer. es 946

Ann Jones: Frauen, die töten. Aus dem Amerikanischen von Ebba D. Drolshagen. es 1350

Die Listen der Mode. Herausgegeben von Silvia Bovenschen. es 1338

Mütter berühmter Männer. Zwölf biographische Portraits. Herausgegeben von Luise F. Pusch. it 1356

Psychoanalyse der weiblichen Sexualität. Herausgegeben von Janine Chasseguet-Smirgel. Aus dem Französischen übersetzt von Grete Osterwald. es 697

Luise F. Pusch: Alle Menschen werden Schwestern. Feministische Sprachkritik. es 1565

– Das Deutsche als Männersprache. Aufsätze und Glossen zur feministischen Linguistik. es 1217

Rechtsalltag von Frauen. Herausgegeben von Ute Gerhard und Jutta Limbach. es 1423

Reflexionen vor dem Spiegel. Herausgegeben von Farideh Akashe-Böhme. Mit zahlreichen Abbildungen. es 1724

Adrienne Rich: Um die Freiheit schreiben. Beiträge zur Frauenbewegung. Aus dem Amerikanischen von Barbara von Bechtolsheim. es 1583

Heidi Rosenbaum: Formen der Familie. Untersuchung zum Zusammenhang von Familienverhältnissen, Sozialstruktur und sozialem Wandel in der deutschen Gesellschaft des 19. Jahrhunderts. stw 374

Giselher Rüpke: Schwangerschaftsabbruch und Grundgesetz. Eine Antwort auf das in der Entscheidung des Bundesverfassungsgerichts vom 25. 2. 1975 ungelöste Verfassungsproblem. Nachwort von Peter Schneider. es 815

Werner Schiffauer: Die Gewalt der Ehre. Erklärungen zu einem deutsch-türkischen Sexualkonflikt. st 894

Schreibende Frauen. Frauen – Literatur – Geschichte. Vom Mittelalter bis zur Gegenwart. Herausgegeben von Hiltrud Gnüg und Renate Möhrmann. st 1603

Schwestern berühmter Männer. Zwölf biographische Porträts. Herausgegeben von Luise F. Pusch. Redaktionelle Mitarbeit: Jutta Wasels. st 2348

104/2/7.95

Frauenforschung und Feminismus
im Suhrkamp Taschenbuch Verlag

Bram van Stolk / Cas Wouters: Frauen im Zwiespalt. Zwischen Frauenhaus und Zuhause: Beziehungsprobleme im Wohlfahrtsstaat. Übersetzt von Michael Schröter. Mit einem Vorwort von Norbert Elias. stw 685

Töchter berühmter Männer. Neun biographische Portraits. Herausgegeben von Luise F. Pusch. st 2349

Von fremden Stimmen. Weibliches und männliches Sprechen im Kulturvergleich. Herausgegeben von Susanne Günthner und Helga Kotthoff. es 1721

Wahnsinnsfrauen. Herausgegeben von Sibylle Duda und Luise F. Pusch. Erstausgabe. st 1876

Wahnsinnsfrauen II. Neue Portraits. Herausgegeben von Sibylle Duda und Luise F. Pusch. st 2493

Ingeborg Weber-Kellermann: Die deutsche Familie. Versuch einer Sozialgeschichte. st 185

Uwe Wesel: Der Mythos vom Matriarchat. Über Bachofens Mutterrecht und die Stellung von Frauen in frühen Gesellschaften vor der Entstehung staatlicher Herrschaft. stw 333

Wie männlich ist die Wissenschaft? Herausgegeben von Karin Hausen und Helga Nowotny. stw 590

104/3/7.95